Bian Zhu
Wu Pengcheng

武鹏程 ◎ 编著

HAI YANG SHEN HUA
海洋神话传说集锦

非凡海洋
Fei Fan Hai Yang

海洋出版社
北京

图书在版编目(CIP)数据

海洋神话传说集锦 / 武鹏程编著. —— 北京：海洋出版社，2025.1. —— ISBN 978-7-5210-1338-2

Ⅰ. I17

中国国家版本馆CIP数据核字第2024GK0917号

非凡海洋大系

海洋神话传说集锦

HAIYANG SHENHUA CHUAN SHUO
JIJIN

总 策 划：刘 斌	总 编 室：(010) 62100034
责任编辑：刘 斌	网　　址：www.oceanpress.com.cn
责任印制：安 淼	承　　印：保定市铭泰达印刷有限公司
排　　版：海洋计算机图书输出中心 申彪	版　　次：2025年1月第1版
	2025年1月第1次印刷
出版发行：海洋出版社	
地　　址：北京市海淀区大慧寺路8号	开　　本：787mm×1092mm　1/16
100081	印　　张：12
经　　销：新华书店	字　　数：294千字
发 行 部：(010) 62100090	定　　价：68.00元

本书如有印、装质量问题可与发行部调换

前　言

　　远古时代的海洋充满了神秘和危机，远古人类对海洋既向往又畏惧，在对海洋的探索过程中，逐渐产生了各种各样的海洋神话传说。一个民族的海洋神话传说色调，是由这个民族的海洋文明基调决定的，也被该民族的海洋事业的兴衰所左右。

　　在悠长的历史长河中，世界各地涌现了大量优秀的海洋神话传说。我国有精卫填海、张羽煮海、八仙过海、哪吒闹海等脍炙人口的海洋神话传说，有关海神、海仙、海怪的记载更是层出不穷，如四海龙王及其手下的众多海怪、沿海一带的"妈祖"，还有一些恶龙凶兽等。在日本海洋神话中，被奉为日本先祖的伊邪那岐命和伊邪那美命，他们生育的八岛组成了日本的大部分；伊邪那岐命更用他的鼻子生出了守护海洋的神须佐之男，须佐之男又斩杀了作乱的八岐大蛇，而且还曾到姐姐天照大神的领地高天原捣乱；日本神乐和山幸彦的故事也都充满了奇诡色彩。

　　希腊的海洋神话传说则是古希腊神话体系中的一部分，故事充满了人性、欲望和寓意，海神波塞冬、信使特里同、埃勾斯、米诺斯、奥德修斯、美杜莎、塞壬……他们的故事波澜壮阔，引人入胜。

　　至于北欧神话中雷神托尔与巨蟒约尔曼冈德的争斗、海姆达尔与洛基的不和，海神埃吉尔和扬波之女及海妖克拉肯的故事也别有趣味。

　　埃及和印度作为四大文明古国之一，也有十分灿烂的海洋文明，并孕育了绚丽的海洋神话传说。在埃及神话中，古老的海洋主宰努恩孕育了众神，航海女神伊西斯和两个哥哥奥西里斯、塞特之间的爱恨情仇更是凄美曲折。在印度则有伐楼拿、帝释天、投山仙人、阿修罗与女罗刹等等海洋神话传说人物。

　　在中外不同文明中都有反映洪水灭世的神话传说，如中国有大禹治水的故事，《圣经》中有诺亚方舟的故事，印度有摩奴方舟的故事，苏美尔人也有关于大洪水的传说，这些是否意味着远古时代真的发生过一次灭世洪灾？美人鱼的传说更是在世界各地广泛流传，这是否意味着海底真的存在某个人类还不曾认知的种族？这些都是隐藏在海洋神话传说背后的奥秘。

目 录

东亚海洋神话传说

共工怒触不周山……………………… 2
殛鲧用禹……………………………… 4
精卫填海……………………………… 7
张羽煮海……………………………… 9
淮水无支祁…………………………… 11
徐福东渡……………………………… 12
龙女拜观音…………………………… 14
八仙过海……………………………… 16
龙伯钓鳌……………………………… 18
杨二郎担山追日……………………… 20
哪吒闹海……………………………… 23

十个太阳轮流上岗……………………………………26
神秘鲛人………………………………………………28
东海神夔………………………………………………30
大水冲了龙王庙………………………………………31
望洋兴叹………………………………………………32
青石龙和白虎山………………………………………34
巧妹绣龙………………………………………………36
礁神圣姑娘娘…………………………………………38
石狮流血大祸将至……………………………………39
四海龙王的故事………………………………………41
为救百姓不顾龙宫安全………………………………42
龙公主戏神珠…………………………………………43
妈祖收晏公……………………………………………45
鲁班借龙宫……………………………………………47
煮海治龙王……………………………………………50
桃花岛龙女……………………………………………52
爱上刁曼岛的公主……………………………………55
夙沙氏煮盐……………………………………………56
大伴大纳言与龙头上的玉……………………………57
造岛夫妻：伊邪那岐命和伊邪那美命………………59
日本山幸彦和海幸彦的故事…………………………61
日本鹈户神宫的故事…………………………………63

希腊海洋神话传说

波塞冬曾与雅典娜争夺雅典…………………………66
普罗忒奥斯的预言……………………………………67
信使特里同……………………………………………68
一个金苹果引发的故事………………………………69
忒提斯将孩子浸入冥河水中…………………………72
米诺陶洛斯……………………………………………73

| 3

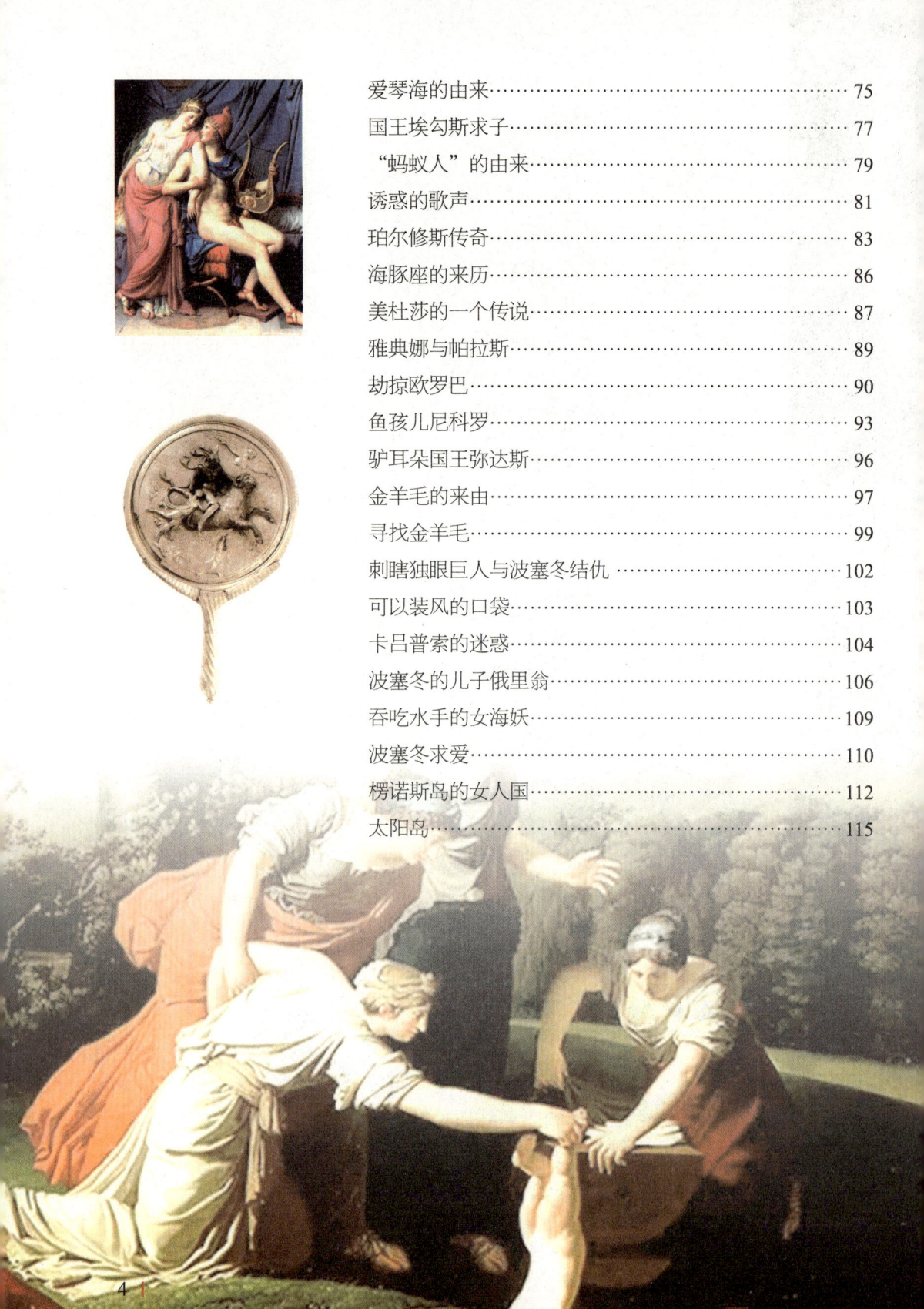

爱琴海的由来	75
国王埃勾斯求子	77
"蚂蚁人"的由来	79
诱惑的歌声	81
珀尔修斯传奇	83
海豚座的来历	86
美杜莎的一个传说	87
雅典娜与帕拉斯	89
劫掠欧罗巴	90
鱼孩儿尼科罗	93
驴耳朵国王弥达斯	96
金羊毛的来由	97
寻找金羊毛	99
刺瞎独眼巨人与波塞冬结仇	102
可以装风的口袋	103
卡吕普索的迷惑	104
波塞冬的儿子俄里翁	106
吞吃水手的女海妖	109
波塞冬求爱	110
楞诺斯岛的女人国	112
太阳岛	115

北欧海洋神话传说

北欧版的《创世篇》	118
海神埃吉尔	120
扬波之女	121
雷神托尔钓巨蟒	122
雷神托尔与巨蟒同归于尽	124
海的女儿	125
海神的眼泪	128
海姆达尔痛殴洛基	129
飞翔的荷兰人	130
海妖克拉肯	132
丢失了外皮的塞尔克	133
梅尔顿历险记	134

埃及海洋神话传说

古老的海洋主宰努恩	137
伊西斯寻夫	138
渔夫的儿子	139
古埃及天地形成的故事	142

印度海洋神话传说

伐楼拿好色的代价	144
摩奴方舟	145
海螺	147
投山仙人喝光海水的故事	149
恒河之水奔向大海的传说	150
搅拌乳海	153
帝释天与阿修罗之战	155

帝释天屠旱龙……………………………………157
大意舀海……………………………………………158
鱼王子………………………………………………160
如意珠………………………………………………162
女罗刹的桃色陷阱………………………………163

其他海洋神话传说

海神求亲……………………………………………165
海龙王娶妻…………………………………………167
不说话的王后………………………………………170
海老人………………………………………………172
咸海水的传说………………………………………173
苏美尔人大洪水的传说……………………………175
诺亚方舟……………………………………………177
摩西让红海开路……………………………………179
塞德娜女妖…………………………………………180
商人和美人鱼………………………………………182

东亚海洋神话传说

共工怒触不周山

共工与颛顼争帝位失败后逃到不周山下,愤怒的共工撞上了不周山,使"天柱折,地维绝,天倾西北,地陷东南",导致世界向西北倾斜。

共工,又称共工氏,人面蛇身朱发,坐骑是两条龙,性情凶恶,易怒,嗜杀成性,是中国古代神话中的水神,掌控洪水。

颛顼(zhuān xū)为人仁德,有智慧。他的辖区非常大,北至幽陵,南至交趾,西至流沙,东至蟠木,所到之处四方臣服,鸟兽皆被感化。日月星辰为之驻足天穹之北,北方三十六州出现永昼永夜之象,天庭凡间亦有高山大树相接,天梯自然而成,神仙可以下界游山玩水,凡人也可上达天庭申诉冤情,一派祥和,其乐融融。

如果一直是这样,该有多好。可人都是有野心的,共工叛乱了。

共工素与颛顼不和,颛顼称帝后,共工便纠集了一些对颛顼心怀不满的天神们,决心推翻颛顼的统治,夺取主宰神位。他们组建了一支军队,向京都进发。

颛顼闻变,命人点燃七十二路烽火台,召集四方诸侯火速支援,并点齐所有护卫兵马,亲自挂帅出城迎敌。

一场酷烈的战斗开始了,两军混战,不知过了多少个日夜,直厮杀得昏天黑地,人仰马翻,伏尸遍野,血流成河。

共工战败,带着仅剩的十三骑逃到

▲ [颛顼乘龙雕像]

> 不周山:山名,传说在昆仑西北。《山海经·大荒西经》载:"大荒之隅,有山而不合,名曰不周。"

> 《史记·补三皇本纪》:"诸侯有共工氏,任智刑以强霸而不王;以水乘木,乃与祝融战。不胜而怒,乃头触不周山崩,天柱折,地维绝。"此战或又传说为颛顼、神农、女娲、高辛与共工之争。

▲ [伍山石窟的不周山石雕]

浙江宁波市宁海县东部濒临三门湾的长街镇伍山石窟的不周山石雕。此处有很多关于共工怒撞不周山的传说。

> 《淮南子·天文》："昔者共工与颛顼争为帝，怒而触不周之山，天柱折，地维绝。天倾西北，故日月星辰移焉；地不满东南，故水潦尘埃归焉。"
> 《山海经》记载，共工为神农后裔，因发明筑堤蓄水的办法灌溉农业，因而被封共工氏。
> 《管子·揆度》："共工之王，水处什工与颛顼之战。"
> 《国语·鲁语上》："共工氏之伯九有。""伯九有"也就是霸九州。实际上说共工氏一度是九州的霸主，即中原部落联盟的一个首领。

西北边陲的不周山下，此山奇绝突兀，高耸入云，似擎天巨柱，切断了去路。

这时，颛顼率军从四面八方冲杀过来，作为一代霸主的共工，不想就这样窝窝囊囊束手就擒，他羞愤地朝西方的不周山撞去，哪知那不周山是撑天的柱子，不周山崩裂了，支撑天地之间的大柱折断了，半边天空也跟着坍塌下来，天河倾泻，地面裂开了，出现一条条深坑裂缝，形成了无数峡谷，山林燃起熊熊烈火，地底喷出滔滔洪水，周遭窜出各种凶猛野兽，天地洪荒，一片火海，华夏沃土，一片汪洋。

大灾难来临了，生灵涂炭，人间好像地狱一般，天倾西北，地陷东南，日月星辰滑向西北，东升西落，此后再无永昼永夜，江河东流，百川归海。后有女娲娘娘炼石补天，才解了此劫。

实际上《共工怒触不周山》的神话有许多版本，最终都是反映了远古部族间的斗争。同时也用古代天文学上的"盖天说"，来解释"日月星辰都朝西北方移动""江河泥沙都朝东南方向流去"的现象。

> 盖天说是中国古代最早的一种宇宙学说。在古人看来，地球是一块平坦的、不太大的土地；天空似乎是一个固定的圆形屋顶，它从远处自下而上，和人看到的远处的地面融为一体。这一学说可能起源于殷末周初，它在发展过程中也有几种不同的见解。

东亚海洋神话传说 | 3

殛鲧用禹

非凡海洋大系　海洋神话传说集锦

殛鲧（jí gǔn）用禹是指鲧因治水无功，被舜降罪流放；后来舜又用鲧的儿子禹治水，终于治理好了洪水。

远古时期中原地带洪水泛滥，无边无际，淹没了庄稼、山陵和房屋，人们流离失所、背井离乡，水患给人们带来了灾难。

尧还在位的时候，就决心要消灭水患，群臣和各部落的首领都推举鲧。尧素来觉得鲧这个人不可信，但眼下又没有更合适的人选，于是就暂且将治水的任务委任给鲧。

鲧用堵的办法，治水治了9年，大水还是没有消退，鲧毫无办法。后来舜继位开始打理朝政，鲧因为治水不力，

◀ [舜（清人绘）]
传说舜帝曾用舌舔治父亲瞽瞍的瞎眼，使他的眼睛重见光明。舜最先倡导国家养老之风，他将对国有功的老人养在太学，将百姓中的老人养在小学。孝为德之本，尧舜之道，也体现了孝悌精神。因此，古人将舜尊崇为《二十四孝》的首孝。被誉为孝祖。
据传"孝顺"一词就是由"效（仿）舜（帝）"演变来的。

4　东亚海洋神话传说

羽山位于江苏东海县和山东临沭县交界处。

相传，山上原有一种珍鸟，羽毛美丽异常，古代部落首领多用作装饰品。因此，黄帝用"羽"为此山命名。使羽山名闻古今的，还在于山巅东端北侧有一眼见之于典籍的殛鲧泉。有面盆大，常年不涸。古书上说鲧死后变成三条腿的鳖，住在这个泉中，所以殛鲧泉每遇阴雨天气，泉水便腥不可闻。

◀ [禹]

禹，姓姒，名文命（也有禹便是名的说法），字（高）密。史称大禹、帝禹，为夏后氏首领。禹是黄帝的玄孙、颛顼的孙子（但也有说法认为禹应为颛顼六世孙）。其父名鲧，被帝尧封于崇，为伯爵，世称"崇伯鲧"或"崇伯"，其母为有莘氏之女脩己。

大禹手里拿的工具名为耜（读音为：sì）。"禹亲自操耜"语出《庄子·天下》。耜是用来翻土的工具，和现在的铲子很像。它是一种原始农业工具，它所在的那个年代被称为"耜耕农业"时代。

东亚海洋神话传说

被革去了职务而流放到羽山，后来鲧就死在那里。

舜同样希望治理泛滥的洪水，此时大臣们都推荐禹，他们说："禹虽然是鲧的儿子，但是比他的父亲德行能力都强多了。"舜并没有因禹是鲧的儿子而轻视他，而是很快把治水的大任交给了他。

大禹没有因为舜处罚了他的父亲就记恨在心，而是欣然接受了这一任务。

大禹治水一共花了13年的时间，他曾三过家门而不入：传说中他第一次经过家门时，听到妻子因分娩而在呻吟，还有婴儿的哇哇哭声。禹的手下劝他进去看看，他怕耽误治水，没有进去；第二次经过家门时，他的儿子正在他妻子的怀中向他招着手，但由于工程紧张，大禹也没有回答而只是挥手打了个招呼，就走过去了；第三次经过家门时，他儿

东亚海洋神话传说 | 5

非凡海洋大系 海洋神话传说集锦

▲ [大禹陵]
左图为大禹雕像，右图为大禹陵碑。

子已长到十多岁了，跑过来使劲把他往家里拉。大禹深情地抚摸着儿子的头，告诉他，水未治平，没空回家，又匆忙离开，没进家门。

正是在大禹的带领下，咆哮的河水失去了往日的凶恶，驯驯服服地平缓向东流去，昔日被水淹没的山陵显露出了峥嵘景象，农田变成了粮仓，人们又能筑室而居，过上了幸福富足的生活。

后代人们感念大禹的功绩，为他修庙筑殿，尊他为"禹神"，我们整个中国也被称为"禹域"，也就是说，这里是大禹曾经治理过的地方。

据《书·舜典》记载，舜"殛鲧于羽山"。尧舜时期，黄河流域水文情况极不稳定，时常泛滥，严重影响沿岸百姓的耕种生活。为解决洪水泛滥问题，尧召集部落首领进行商讨，众人皆举荐鲧负责平息洪水灾害，鲧采取障水法，在河岸两边建立堤坝，水涨多高，堤坝就建多高，如此消极的工程未能解决水患，反而加重了灾情，治水9年后，鲧因治水不力，被当时继位的舜降罪流放到羽山。

6 | 东亚海洋神话传说

精卫填海

精卫填海是中国远古神话中最为有名，也是最为感人的故事之一，世人常因炎帝小女儿被东海波涛吞噬化成精卫鸟而叹息，更为精卫衔运西山木石以填东海的顽强执著精神而抛洒热泪。

▲ [炎帝（清人绘）]

相传炎帝牛首人身，他亲尝百草，用草药治病；他发明刀耕火种，创造了两种翻土农具，教民垦荒，种植粮食作物；他还领导部落人们制造出了饮食用的陶器和炊具。

传说炎帝部落后来和黄帝部落结盟，共同击败了蚩尤。

华人（不仅汉族）自称炎黄子孙，将炎帝与黄帝共同尊奉为中华民族人文初祖，成为中华民族团结奋斗的精神动力。

炎帝被道教尊为神农大帝，也称五谷神农大帝。

传说上古时期炎帝有个女儿叫女娃，女娃聪明伶俐，活泼可爱，美丽非凡，炎帝十分喜欢她。一天，女娃看到一个大孩子把小孩子当马骑。她走过去，指着大孩子的脑门怒斥道："你这个人太坏了，欺负小孩子算什么本事，有力气，去打虎打熊，人们会说你是英雄。"

大孩子见女娃是个小姑娘，身体单薄文弱，根本不把她放在眼里。他从小孩子背上跳下来，走到女娃面前说："我是东海龙王的儿子，你是什么人？竟敢来管我！"女娃说："龙王的儿子有什么了不起，我还是神农的女儿呢，以后你少到陆地上撒野，小心我把你挂到树上晒干。"

龙王的儿子没等女娃说完，就动手打向女娃。女娃从小跟着父亲上山打猎，身手敏捷，她见对方蛮横无理，就飞起一脚，将龙王的儿子踢了个嘴啃泥。龙王的儿子见打不过女娃，只好灰溜溜地返回东海。

过了几天，女娃到东海游泳，被龙王的儿子发现，对女娃说："那天你捡了个便宜，现在你赶快认个错，不然我兴风作浪淹死你。"

东亚海洋神话传说

女娃不从，龙王的儿子见女娃倔强，根本没有服输的意思，立即搅动海水，掀起狂风恶浪，女娃来不及挣扎，就被淹死了，永远回不来了。

女娃不甘心她的死，她的魂灵变化成一只小鸟，名叫"精卫"。

精卫长着花脑袋、白嘴壳、红脚爪，大小有点像乌鸦，住在北方的西山。她既悲恨无情的海浪毁灭了自己，又想到别人也可能会被海浪夺走生命，因此不断地从西山衔来一根根小树枝、一颗颗小石头，丢进海里，想要把东海填平。她无休止地往来飞翔于西山和东海之间。咆哮的大海嘲笑她说："小鸟儿，算了吧，就算你干上百万年，也别想将我填平。"

精卫十分执著，在高空答复大海："哪怕是干上一千万年，干到宇宙的尽头，世界的末日，我终将把你填平的！"她就这样往复飞翔，从不休息，直到今天她还在做着这种工作。

精卫锲而不舍的精神，善良的愿望，宏伟的志向，受到人们的尊敬。晋代诗人陶渊明在诗中写道，"精卫衔微木，将以填沧海"，热烈赞扬精卫敢于向大海抗争的悲壮战斗精神。

▲ [古木雕上的精卫]

> 西山又名发鸠山，位于山西省长子县城西 25 千米处，海拔 1646.8 米，山势矗立，蜿蜒南北，雄伟壮观。山头雾罩云腾，翠奔绿涌，颇有仙境气势。
>
> 陶渊明的《读山海经》诗："精卫衔微木，将以填沧海。刑天舞干戚，猛志固常在。"

> 炎帝固然挂念他的女儿。但也不能使她死而复生，只好独自悲伤。作歌曰："精卫鸣兮，天地动容！山木翠兮，人为鱼虫！娇女不能言兮，父至悲痛！海何以不平兮，波涛汹涌！愿子孙后代兮，勿入海中！愿吾民族兮，永以大陆为荣！"

张羽煮海

张羽煮海是中华远古帝喾时代神话故事之一，张羽同龙女琼莲相约为夫妇，后受阻，张羽得宝物，煮沸大海，制伏龙王，才得以与琼莲成婚。

传说，张羽寓居于东海岸边石佛寺中。一日，他的琴声引来了东海龙宫的琼莲公主，琴声打动了琼莲公主，二人相爱，琼莲临别相赠龙宫之宝鲛绡帕，暗许婚姻，并相约八月十五在海边相见。

不料，东海龙王却将琼莲许配给天龙，不许琼莲公主与张羽相爱，专横暴戾的东海龙王把琼莲关入鲛人洞中受苦，

> 《沙门岛张生煮海》，元代杂剧作品。李好古著。一说尚仲贤著。
>
> 李好古，生平事迹不详，天一阁本《录鬼簿》说他是"东平人"，著有杂剧三种，今仅存《张生煮海》一种。

▲ [20世纪50年代彩色年画《张羽煮海》]

东亚海洋神话传说

非凡海洋大系 海洋神话传说集锦

张羽闻报借助鲛鮹帕闯入龙宫求见，遇见前来串门的天龙，受到了天龙的侮辱，被绑在鲛人洞外化成礁石。琼莲得信后舍出颌下骊珠救张羽出龙宫，张羽生还人间，到蓬莱岛求仙相助。蓬莱仙姑赠他三件法宝，在沙门岛煮海，烧死天龙，降服东海龙王，迫使他答应了张羽和琼莲的婚事，张羽与琼莲得以喜结良缘。

帝喾（kù）姓姬，名俊，号高辛氏，河南商丘人，为"三皇五帝"中的第三位帝王，即黄帝的曾孙，前承炎黄，后启尧舜，奠定华夏根基，是华夏民族的共同人文始祖，商族的第一位先公。

▲ [剧照：郑岚饰演琼莲]

《张羽煮海》是评剧经典神话剧，评剧演员郑岚曾饰演《张羽煮海》中的琼莲公主。

▲ [古代《张羽煮海》铜镜]

帝喾时代的神话是全盛神话时代之后最完美的神话世界，这时的神，拥有了最高权力，人类期望有神仙般的生活，爱情这个永恒的话题，便成了这个时代的主流，七仙女姐妹、织女、张羽及灶王奶奶等故事都渲染了这一主题，包括帝喾的家庭本身，也有许多这个主题故事的内容，而这些爱情神话，又大多凄美绝伦。

淮水无支祁

淮水无支祁是中国神话中的水怪。他的形状像猿猴，塌鼻子，凸额头，白头青身，火眼金睛。他的头颈长达百尺，力气超过九头大象，常在淮水兴风作浪，危害百姓。大禹治水时，降伏淮水无支祁，将他套上锁链关在淮水之中。

淮水无支祁到处兴风作浪，他所过处洪水滔天，大河肆虐，使百姓深受其苦，土地荒芜，房舍垮塌，牛羊牲畜都遭瘟疫，死伤惨重。

大禹治淮水时，无支祁作怪，风雷齐作，木石俱鸣。大禹沿途看到无数人都在洪水中挣扎，他很恼怒，召集群神商量对策，并且亲自下达命令给神兽夔龙，命其擒拿无支祁。

无支祁能言善辩，知道江水、淮水各处的深浅，以及地势的高低远近。他长得形似猿猴，缩鼻高额、青躯白首、金目雪牙。脖子一伸，好像有一百尺长，力气比九头象还大。无论是搏击跳跃，还是快速奔跑，他都非常迅捷，常常是眨眼之间就看不见了。

夔龙和无支祁在桐柏山下展开恶战，可谓惊天地泣鬼神。最终，无支祁被抓，但还是击搏跳腾，谁也管束不住。于是大禹用大铁索锁住了他的颈脖，拿金铃穿在他的鼻子上，把他镇压在淮阴龟山脚下。

▲ [电影《西游记》中毛孩饰演的无支祁]

淮水无支祁又名赤尻（kāo）马猴。古代中国神话传说的四大灵猴之一，善于变化，力敌九龙，且善于控水，就连水神共工也不敢称在控水之术上胜过他。

东亚海洋神话传说

徐福东渡

清人丘琼山在《纲鉴合编》中说："始皇既平六国,凡平生志欲无不遂,唯不可必得志者,寿耳。"一些方士投其所好,编造神仙之说,声称海上有仙人仙药,吃了仙药便可长生不死。徐福就是在这种情况下,被秦始皇派遣,出海采仙药,一去不返。

最早记录徐福东渡的是司马迁的《史记·秦始皇本纪》,说他求得仙药,一去不归。

徐福,即徐市,字君房,齐地琅琊(今江苏赣榆)人,秦朝著名方士。他博学多才,通晓医学、天文、航海等知识,且同情百姓,乐于助人,故在沿海一带民众中名望颇高。徐福是鬼谷子的关门弟子。学辟谷、气功、修仙,兼通武术。他出山的时候是秦始皇登基前后。

公元前219年(秦始皇二十八年),秦始皇率大队人马登上渤海海边的芝罘岛,看到海市蜃楼,随行方士为迎合秦始皇企图长生的心理,将其说成传说中的海上仙境。

徐福乘机给秦始皇上书,说海中有蓬莱、方丈、瀛洲三座仙山,有仙人居住,可以得到长生仙药。秦始皇大为高兴,随后派童男、童女数千人随他出海求取仙药。然而,此次出海,徐福空手而归。徐福自称见到海神,海神以礼物太薄为由拒绝给予仙药。对此,秦始皇深信不疑,他增派童男、童女3000人及大量工匠、技师,携带谷物种子,令徐福再度出海。秦始皇则在岸边一直等候了3个月,不见徐福消息,才怅然而回。

此后,秦始皇又派燕人卢生等入海寻求仙药,也是一无所获。

公元前210年,秦始皇获报,徐福竟然在琅琊逍遥快活,此时已经离当年徐福入海寻找仙药有9年之久了。秦始皇很愤怒,当即派人传召徐福,徐福因连年航海,耗费很大,没敢上报寻访灵药失败一事,担心遭到重责,遂奏告秦始皇:"蓬莱仙山确实有仙药,出海时常遇大蛟鱼阻拦,所以不能到达,请派

[徐福雕像]

非凡海洋大系 海洋神话传说集锦

12 | 东亚海洋神话传说

徐福从哪里起航？

据《史记·秦始皇本纪》明确记载，徐福第一次在琅琊上书后即被就地派遣出海求仙，第二次更是由秦始皇亲自从琅琊送出海的。

琅琊是哪？

琅琊曾一度是强大的越国的政治、经济、文化中心。秦统一后，琅琊作为琅琊郡的治所，其地位更加提升了。琅琊不仅经济条件优越，而且也是战国及后来的秦朝著名的海港之一。位于琅琊台下石河入海河段，附近属花岗岩侵蚀性海岸地貌，水深港阔，起航条件好。

弓箭手一同前往，见到大蛟鱼用连弩射击。"

秦始皇下令派遣连弩射手，随同徐福坐海船由琅琊起程，去消灭大蛟鱼，他们航行数十里，经过荣成山，再前行到芝罘时，果然见到大蛟鱼，当即连弩齐射，大蛟鱼中箭而死，沉入海底。

此后，秦始皇认为徐福忠诚可靠，又命徐福入海求仙药。这次秦始皇再也没有等到徐福音讯。

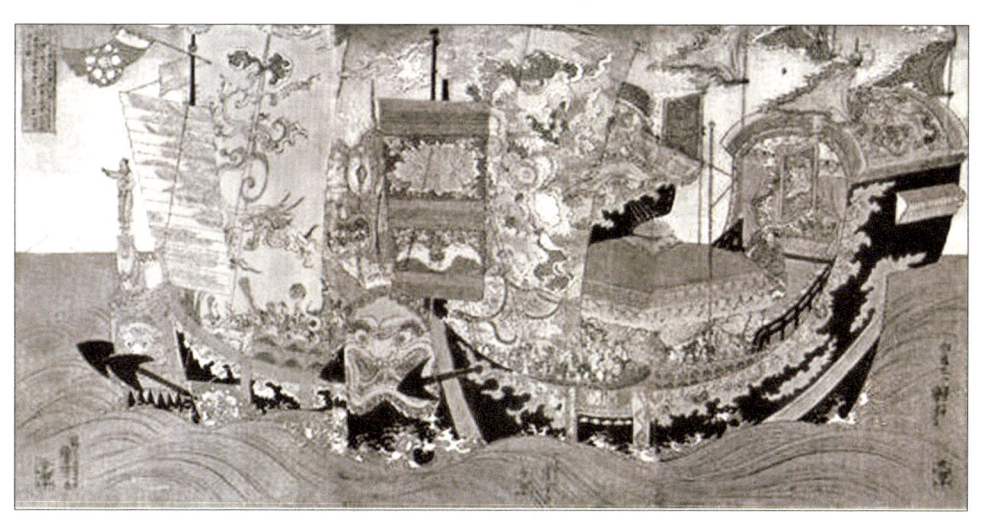

▲ [徐福东渡——日本浮世绘]

早在徐福东渡之前的战国时期，我国即开通了一条经朝鲜半岛到达日本的航线。齐威王、齐宣王和燕昭王时，就有不少齐燕方士入海寻三仙山，寻找仙人求取长生不死药，方士的入海地多在碣石或山东半岛，入海后可能有至朝鲜半岛南部或倭人居住地的，时至汉武帝时曾发生从山东半岛发楼船击匈奴事，其所经之地就是前述北行航线到朝鲜半岛西岸之一段，所以徐福的航线有可能是从山东半岛的青岛或成山头或芝罘横渡大海，经朝鲜半岛南部到达日本九州等地。

徐福东渡最终到达的应该是日本，这在2000多年前是空前的壮举，徐福给日本带去了文字、农耕和医药技术。他博学多才，在日本传播医学、天文、航海等知识，将辟谷、气功、修仙、武术等也带到了日本，其中最重要的是教会了日本人种植稻米，稻米拯救了日本列岛饥饿的人们，结束了日本的渔猎生活，开始了农耕社会。日本人也始终把徐福奉为"农神"和"医神"。

龙女拜观音

龙女拜观音讲述观音搭救龙女之后,龙女自愿辅助观世音菩萨普度众生,龙女变为童女身,成为观世音菩萨的右近侍。

在观音菩萨身边有一对童男童女,男的叫善财,女的叫龙女。

龙女原是东海龙王的小女儿,生得眉清目秀,聪明伶俐,深得龙王的宠爱。一天,她听说人间闹鱼灯,异常热闹,就变成一个十分好看的渔家少女,踏着朦胧月色,来到闹鱼灯的地方。

龙女如痴如醉看灯出了神,这时茶楼上洒落下半杯冷茶,正泼在龙女头上。变成少女的龙女,碰到水就会现形。

龙女飞快地向海边奔去。但是已经来不及了,在离海不远处,龙女变成了

▲ [龙女]
观音菩萨身边的女童龙女。观音身边的龙女和善财童子一样,有很多版本的故事,最常见的传说是龙王的女儿,聪明伶俐,八岁时偶然听到文殊菩萨在龙宫说《法华经》,豁然觉悟,通达佛法,发菩提心,遂去灵鹫山礼拜佛陀,以龙身成就佛道。

▲ [善财]
在《南海观音全传》里,善财是个孤儿,在大华山过着苦行生活。为了验证他的诚心,观音要土地公找众仙假扮强盗、恶棍,在善财面前欺负她并跌落断崖,善财毫不犹豫地随观音一起跳了下去,这份真诚求道心,使善财童子得以随侍在观音身旁。

[1986年版《西游记》电视剧中的龙女——剧照]

一条很大很大的鱼，躺在海滩上动弹不得。被路过的一瘦一胖的两个捕鱼小子看到了，两人高兴地扛着鱼上街叫卖去了。

此事被正在紫竹林打坐的观音菩萨发现，她命善财童子前去搭救。

在街上，人们团团围住这条鱼，谁也不敢买，因为这条鱼太大了，胖小子要用斧子把鱼斩开零卖。

在这紧要关口，"莫斩！莫斩！这条鱼我买下了。"只见一小沙弥双手合十道。众人诧异说："和尚买鱼，怕是要开荤还俗了吧？"小沙弥没有回答，只是掏出一把碎银，递给瘦小子，并要他们将鱼扛到海边放生。

那鱼碰到海水，立即打了一个水花，游出老远老远，然后掉转身来，向小沙弥点了点头，倏忽不见了。瘦小子见鱼游走了，摸出碎银，不料摊开手心一看，碎银变作了一把香灰，被一阵风吹得无影无踪。转眼再找小沙弥，也不知去向了。

再说东海龙宫里，自从不见了小公主，宫里宫外乱成一窝蜂。直到龙女回到水晶宫，大家才松了口气。

龙女将自己的遭遇讲了一遍。龙王听了，脸上黯然失色。他怕玉皇大帝知道了，自己就得落个"教女不严"的罪名。他越想越气，一怒之下，竟将龙女逐出了水晶宫。

龙女伤心地来到莲花池。观音菩萨知道是龙女来了，就吩咐善财去接龙女上来。

龙女见到小沙弥，连忙擦掉眼泪，红着脸说："你是我的救命恩人呢！"说着就要叩拜。

善财一把拉住了她："走，观音菩萨叫我来接你呢！"善财和龙女手拉手走进紫竹林。龙女一见观音菩萨端坐在莲台上，俯身便拜。观音菩萨很喜欢龙女，从此龙女就跟了观音菩萨。

东亚海洋神话传说 | 15

八仙过海

非凡海洋大系　海洋神话传说集锦

八仙过海是一个流传甚广的中国民间传说，也是八仙最脍炙人口的故事之一，"八仙过海，各显神通"或"八仙过海，各显其能"即比喻做事各有各的一套办法。

这天，八仙兴高采烈地来到蓬莱阁上聚会饮酒。

酒至酣时，铁拐李意犹未尽，对众仙说："都说蓬莱、方丈、瀛洲三神山景致秀丽，我等何不去游玩、观赏？"

众仙听了，欣然赞同，聚到海边，

> 八仙分别为汉钟离、张果老、韩湘子、铁拐李、吕洞宾、何仙姑、蓝采和及曹国舅。他们本是凡夫俗子，在太上老君的点化下，努力行善修道，终于踏入仙班之列。

汉钟离 　　　　铁拐李 　　　　吕洞宾 　　　　张果老

曹国舅 　　　　韩湘子 　　　　何仙姑 　　　　蓝采和

▲ [八仙]

16　东亚海洋神话传说

个个亮出了自己的法宝。

逍遥闲散的汉钟离，把手中的芭蕉扇甩开扔到大海里，那扇子大如蒲席，他醉眼惺忪地跳到迎波踏浪的扇子上，优哉游哉地向大海深处飘去。

清婉动人的何仙姑紧随其后，将荷花往海里一放，顿时红光四射，随之渡海而去。

众仙谁也不甘落后。吟诗行侠的吕洞宾、倒骑毛驴的张果老、隐迹修道的曹国舅、振靴踏歌的蓝采和、巧夺造化的韩湘子、借尸还魂的铁拐李纷纷将宝物扔入海中，八仙遨海，顿时海面如翻江倒海，滔天巨浪震动了东海龙王的宫殿。东海龙王恼羞成怒，率兵出来干涉。

八仙据理力争，与之抗辩，东海龙王下令虾兵蟹将抢走蓝采和的法宝。蓝采和因寡不敌众，被抓住关进龙宫。

众仙见状大怒，在海上与龙王的虾兵蟹将打了起来。交战中失手斩杀了两位龙子，吓得虾兵蟹将败下阵来。

从来没有吃过如此大亏的东海龙王怒不可遏，请南海、北海、西海龙王来助战，于是四海龙王催动三江、五湖、四海之海水掀起惊天巨浪，杀气腾腾地直奔众仙而来。

正在一触即发之际，恰巧南海观音从此处经过，便喝住双方，并出面制止，东海龙王碍于观音的法力放出蓝采和。八仙拜别观音，各持宝物，乘风破浪，遨游而去。

> 最早的八仙出现在汉代，是号称"淮南八仙"的八个文学家，当时称作"八公"。《小学绀珠》记载："淮南八公：左吴、李尚、苏飞、田由、毛披、雷被、晋昌、伍被。"由此可见，淮南八公只是八个文人，并非神仙。但后来因为有淮南王成仙的传说，后世附会在他门下的八公便也成仙了，称作"八仙"。

▲ [八仙]

> 《西游记》第81回中有："正是八仙过海，独自显神通。"一般认为是"八仙过海，各显神通"的出处。

> 因为八仙闹过海，沿海地区大都有"七男一女不同船"的禁忌。

龙伯钓鳌

巨鳌载负神仙居住的大山，而龙伯国的大人却能把六鳌一下子钓起，后遂用"龙伯钓鳌"比喻非凡的事业。

在渤海东边的某一处有一个大壑，名叫归墟。大地上八方九州原野的水，乃至天上银河的水，全都流注在归墟里面。

在归墟里有五座神山。第一叫岱舆，第二叫员峤，第三叫方丈，第四叫瀛洲，第五叫蓬莱。这些山的高下和周围都是三万里，山和山之间相距七万里，山顶平坦地为九千里，山上住着仙人和神人。

《列子·汤问》中记载："渤海之东，不知几万里，有大壑焉，实惟无底之谷，其下无底，名曰归墟。"根据上古神话的说法，世界上、宇宙间各条河流，甚至连天上银河中的水，最后都汇集到这原始而神秘的无底之洞里。

龙伯国是我国古代神话传说中的大人国。

▲ [鳌鱼]

相传在远古时代，金、银色的鲤鱼想跳过龙门，飞入云端升天化为龙，但是它们偷吞了海里的龙珠，只能变成龙头鱼身，称为鳌鱼。雄性鳌鱼金鳞葫芦尾，雌性鳌鱼银鳞芙蓉尾，终日遨游大海嬉戏。

因为这五座神山都浮在水面上，无根无脚，随波逐流，随风飘荡，于是神仙向天帝诉苦。天帝也担心仙岛漂没了，便命海神禺疆捉了十五条大鳌鱼，三条鳌鱼为一组，将五座神山压在鳌鱼背脊上，这样一来，五座神山就再也不会沉

▲ [独占鳌头铜钱]

唐宋时期，皇宫御街中间的石板上就刻有鳌的图案，凡科举中第的进士们都要到御阶之下依次迎榜。第一名就站在鳌头的位置上，因此就有了"独占鳌头"之说，用来形容首位或第一名。

> 禺疆是我国古代神话传说中的海神、风神和瘟神，也作"禺强""禺京"，是黄帝之玄孙。
>
> 海神禺疆统治北海，身体像鱼，但是有人的手足，乘坐双头龙；风神禺疆据说字"玄冥"，是颛顼的大臣，形象为人面鸟身，两耳各悬一条青蛇，脚踏两条青蛇，支配北方。

到海底去了。这就是"鳌鱼负山"的神话。

在北海地区有一个龙伯国，龙伯国的人身材特别高大。他们从北海到归墟，走不了几步就到了五座神山所在。他们听说这里有鳌鱼，就用巨钩钓走了六条鳌鱼，用鳌鱼壳来占卜吉凶。

这样，岱舆和员峤两座神山就失去了巨鳌的支撑，漂流到北极，沉没在大海里。这一场意想不到的灾祸使世上五座神山只剩下方丈、瀛洲、蓬莱三岛了。

神山上的仙人们害怕龙伯国的人再来钓鳌，再次向天帝诉苦。天帝听后非常恼怒，于是削减龙伯国的疆土使它变窄。缩小龙伯人的身躯，使它变小。

据说到了伏羲神农时代，龙伯国人身量还有好几十丈长。不过，龙伯国国民从此再也没有神力来归墟钓鳌，终于使海上三神山和九条鳌鱼保留下来。

在我国民间普遍流传着这样一种传说，他们说地底下住着一条大鳌鱼，只要大鳌鱼一翻身，大地便会颤动起来。这种说法看起来荒诞不经，但持这种说法的国家并不只有中国。

在古希腊的神话中，海神普舍顿就是地震的神。南美还流传着支撑世界的巨人身子一动，引起地震的说法。古代日本认为，日本岛下面住着大鲶鱼，只要鲶鱼将尾巴一扫，日本就要发生一次地震。除此之外，埃及和印度也有关于地下住着动物在作怪的传说。

杨二郎担山追日

非凡海洋大系　海洋神话传说集锦

杨二郎为母报仇射杀了十一个太阳，为了追赶射杀最后一个太阳，杨二郎担山填海，最后因为吃喝了龙女的饭菜而让最后一个太阳逃脱。

杨二郎是玉皇大帝和王母娘娘的外甥，其母思凡嫁给了凡间一个姓杨的书生，后被玉皇大帝贬到凡间，压在桃山下。

杨二郎长大了一心想把母亲救出来，他瞒着玉皇大帝和王母娘娘，下到凡界，劈开了压着他母亲的那座大山。

杨二郎看见母亲躺在石缝里，因为被大山压得太久，并且终年不见阳光，身上发着霉气。杨二郎就把母亲背出来放在山坡上，想叫太阳晒晒，去去霉气。

玉皇大帝知道杨二郎劈开大山救了他的母亲，就传旨给十二个太阳（那时候，

◀ [二郎神庙]

《三教源流搜神大全》记载，此庙应为道观，所奉二郎神是宋真宗敕封圣号曰"清源妙道真君"的赵昱赵二郎；可是当年此庙中的二郎神塑像，却是位顶盔戴甲、粉面无须的青年郎君，最引人注目的是其额上多一只眼睛，手执一把三尖两刃刀，皂靴前还有一条哮天犬，使人一看便知这就是《西游记》《封神演义》中描绘的那位二郎神杨戬。

三尖两刃刀属长兵器，又称三尖刀，也可称二郎刀，相传为二郎神所使用之兵器，此械的前端有三叉刀形，刀身两面有刃，除一般大刀的使用法门外，其前端三叉刀可作锁、铲之用，加上配合各种步法、身法演舞，构成一套完整的套路。

> 传说杨二郎的母亲是玉帝的妹妹，因为羡慕人间恩爱生活偷偷下凡来到人间，结识了一位姓杨的书生并与之结为秦晋之好。还生了儿子，就是杨戬。

> 蚂蚱菜又名马齿苋，为一年生草本，全株无毛。《本草经集注》《本草图经》：马齿苋，又名五行草，以其叶青，梗赤，花黄，根白，子黑也。

天上总共有十二个太阳，它们轮着班儿）一齐出来，把他母亲晒死！

这十二个太阳受命一起出来了，杨二郎的母亲没一会儿，就被晒得连骨头渣滓都没剩！

杨二郎见母亲被晒化了，气得眼睛发红，提起三尖两刃刀，一连气儿砍下了十一个太阳，都用大山压住。

剩下的那个太阳，吓得一头钻进蚂蚱菜下面藏了起来。直到第二天才偷偷

▲ [獐岛]

相传是如今大孤山的垭口，就是杨二郎赶山时，大山被鞭子抽出的豁口。相传，杨二郎忙活得靴子里全灌满了泥沙，坐下来喝酒的时候，脱下来往海滩上一倒，左脚倒成了鹿岛，右脚倒成了獐岛。

地从蚂蚱菜底下钻出来，一露头，天亮了。杨二郎看见了，举起三尖两刃刀就砍。

这个太阳撒腿就跑，杨二郎随后就追。太阳爬过一座座山，杨二郎也蹦过一座座山；太阳滚过一条条河，杨二郎也跳过一条条河。眼看要追上了，杨二郎被前边一片大海拦住了去路。太阳踏着海浪，像走平地似的，杨二郎没练过在海上走的功夫，只好在海边停下来，

东亚海洋神话传说 | 21

眼瞅着太阳越跑越远，急得他伸出两只手，一只手抓住一座山，随手扔进大海里，往前一看，太阳还在前边，回头又一只手抓了一座大山，扔进大海里，太阳还在前边，杨二郎横过三尖两刃刀，用刀尖儿往东边山腰上一插，又用刀把儿往西边一座山的山腰一插，他肩上挑着山，手里提着山，往海里填。

　　这时太阳为了活命在前边拼命地逃，杨二郎在后边一边填海一边追，还是追不上。

　　杨二郎无奈之下跑回天宫，偷了王母娘娘的法宝一条鞭。

　　杨二郎回到海边，把鞭子一晃，一群大山像头把式地往海里跑，就像赶了一群绵羊似的。

　　就这样，杨二郎挑着山，用鞭子赶着山，往大海中填，眼见太阳被越追越近了。

　　因为杨二郎填海搅闹了龙宫，水浑了，海里的鱼虾死伤惨重，龙王安排此前早已经许配给杨二郎的龙女三公主来解决此事。

　　这时候，杨二郎还是不停地挑山、赶山，忽然被一个美丽的小女孩拦住了去路，小女孩恭恭敬敬地向杨二郎道了个万福说："听说你填海追太阳，为母报仇，真是孝子、英雄！可是你一定饿了、渴了，我特地给你送来酒饭，你填饱肚子，再追太阳也不算晚。"

　　杨二郎就放下肩上挑的两座山，停下赶山的鞭子，三两口就把饭菜吃光了，

▲ [艾山]

相传杨二郎担山追日时，行至半途，被一山石所绊，二郎怒曰"此山碍路"，故称之为"碍山"，又因山上多艾草，又称为艾山。
艾山风景区坐落在胶州市洋河镇、张应镇交界处，艾山风景区是由艾山、东石、西石和山洲水库等组成的集火山遗迹、山水风光和道教文化于一体的综合性文化景观群，艾山风景区内的东石、西石被誉为胶州八景之一——"石耳争奇"。

酒也喝光了。

　　不一会儿，杨二郎"扑通"倒在地上了。原来，那饭里、菜里、酒里都下了蒙汗药。三公主顺势偷走了鞭子。

　　等杨二郎药性过了，醒来后，太阳早跑了。

　　在华夏大地上关于杨二郎担山追日的传说很多，也有很多地方都有关于此传说的风景和衍生的传说。

哪吒闹海

年幼无知的哪吒杀了龙王三太子并抽了他的龙筋，闯下了弥天大祸，龙王寻仇陈塘关，致使百姓蒙难，为救百姓，哪吒抽出宝剑剖腹、剜肠、剔骨，还筋肉于双亲。

东亚海洋神话传说

传说陈塘关总兵李靖的夫人生下一个肉球。李靖认为是不祥之物，抽剑朝着那肉球一劈，肉球被劈开，从里面蹦出一个胖胖的男娃，所有人都看呆了。

此时，仙人太乙真人登门道贺并收他为徒："恭喜，恭喜！"说着，拿出一个镯子，一块手帕，交给李靖，"这是我送给徒弟的礼物，这镯子叫做乾坤圈，这手帕叫混天绫。"并为男孩取名哪吒，小哪吒自幼喜欢习武。

七岁那年，他到大海里去洗澡，拿着混天绫在水里一晃，就掀起大浪，大浪把东海龙王的水晶宫震得东摇西晃。

◀ [托塔天王]
托塔天王，姓李，名靖，为陈塘关总兵。

非凡海洋大系

海洋神话传说集锦

龙王吓了一大跳,派出夜叉钻出水面一看,原来是个娃娃在洗澡,不知死活的夜叉举起斧头就砍。哪吒连忙把身子一闪,取下乾坤圈,向夜叉扔去。别看这小小的乾坤圈,它的威力无边,一下就把夜叉打死了。

龙王听说夜叉被打死了,气得叫他的三太子带上虾兵蟹将,去捉拿哪吒。

三太子来到水面对哪吒吼道:"谁活腻了,打死了我家夜叉。"哪吒说:"是我,是我。我好好儿地在洗澡,你家夜叉话不问一句,就拿斧头劈我,我用乾坤圈碰了他一下,他就死了。他那么大的个儿,怎么一点儿也挨不起打呀?"

三太子一听举起枪就刺,哪吒连连躲避,可是三太子枪枪紧逼,哪吒急了,甩出混天绫把三太子紧紧裹住,又拿乾坤圈朝三太子打去,三太子当场毙命,现出原形来了,原来是一条小龙。哪吒顺势把小龙的龙筋一根根地抽了出来,带回家去,正好给父亲做根腰带。吓得那些虾兵蟹将连滚带爬地钻到水里去了。

龙王听说自己的儿子也被哪吒打死还抽了龙筋,气冲冲地来找李靖了:"你生的好儿子,打死了我家夜叉,又打死我的三太子!"

此时,李靖这才知道哪吒闯了大祸。命家丁叫来哪吒对质。哪知道,哪吒看见龙王就说:"老伯伯,请您别生气。我不是故意打死你家三太子的。他用枪刺我,我没法儿了,才和他交手,不小心把他打死了。您瞧,这是从他身上抽下来的龙筋,还给您就是了。"

龙王看见儿子的龙筋,更加伤心了,龙王摇身一变,化作一条巨龙,张牙舞爪地向哪吒咬去。哪吒拿出乾坤圈,在龙王身上轻轻一打,疼得龙王龇牙咧嘴,在地上直打滚。哪吒一跃就骑到龙王脖子上,举起乾坤圈。龙王知道乾坤圈的厉害,大叫"饶命"。

▲ [太乙真人八卦牌]

太乙真人为《封神演义》以及评书《群仙破天门》中的人物,是天道圣人——元始天尊的第五位弟子,昆仑十二金仙之一。修行于乾元山金光洞。收哪吒为徒,以莲花为哪吒重塑肉身,传授哪吒三头六臂,并传给他乾坤圈、混天绫、九龙神火罩、火尖枪、金砖、风火轮、阴阳剑等许多厉害的法宝。

相关战绩不多:乾元山杀石矶;破化血阵杀孙天君。个人法力、悟性、根行也是极高,身边法宝很多。只在三霄娘娘手中败过一阵。

在评书《群仙破天门》中他还有一位徒弟杨宗英(杨七郎之子)。

▲ [国产动画片《哪吒闹海》剧照]

哪吒亦作那吒,是我国古代神话传说人物之一。哪吒的头衔有中坛元帅、通天太师、威灵显赫大将军、三坛海会大神等,俗称太子爷、三太子。对于其角色的记载源于元代《三教搜神大全》,活跃于明代古典小说《西游记》《封神演义》(一般俗称《封神榜》)等多部文学作品中。

事过多日,东海龙王请了南海、西海和北海的龙王,带着虾兵蟹将,翻滚着巨浪,向陈塘关扑来。海浪翻过城楼,淹没了城里的房屋。人们纷纷爬到屋顶上,哭爹喊娘。

李靖对东海龙王喊道:"请你放过这些百姓吧,和这些百姓没关系。"

龙王狞笑着说:"要我放过百姓可以,不过,我要杀了哪吒,为我儿子报仇。"

小哪吒听到了龙王的要求,不愿牵连百姓和父母,于是,抽出宝剑剖腹、剜肠、剔骨,还筋肉于双亲,四海龙王一见哪吒死了,也就收回了大水,退兵回去了。

李靖夫妇看着哪吒死在眼前,伤心欲绝,就在此时,哪吒的师傅太乙真人,驾鹤而至,命人到荷花池里摘了荷叶、荷花,又挖了几节嫩藕,摆成人的样子,然后作法,使得哪吒借着荷叶、莲花之气脱胎换骨,变作莲花化身的哪吒。

东亚海洋神话传说

十个太阳轮流上岗

非凡海洋大系　海洋神话传说集锦

对于太阳这样一个自然界中的事物，中国原始居民进行了自己的认识、理解和诠释。

相传颛顼死后，由帝喾继位。帝喾又名帝俊，他的父亲叫蟜极，祖父叫玄嚣，玄嚣是黄帝和嫘祖的大儿子。

传说，帝喾和太阳女神羲和生了十个太阳儿子。

太阳女神的儿子们住在东方海外的汤谷。因太阳天天在此洗浴而得名。汤谷内有两株互相依倚的扶桑树。十个太阳九个就泡在树下水里，一个栖于树上，轮流上岗，一个回来了，另一个才出去，所以太阳共有十个，每天和人们会面的却只有一个。

每天都是由太阳女神羲和驾驭六条蛟龙牵引的太阳车，载着太阳儿子由东

▲［太阳女神羲和］
位于山东省荣成市艳福岛旁的太阳神。

帝喾娶了四个人类女子为妻

娶于有邰氏的女子姜。相传姜原在娘家时，因出外踏上巨人脚印而怀孕，因无夫生子，所以把生下的孩子三次弃于深巷、荒林与寒冰上，均得牛羊虎豹、百鸟保护不死，所以起名叫"弃"，后来长大喜欢农艺，教人种五谷，被尊为后稷，后稷的十六世孙周武王建立了周朝。

娶于有娀氏的女子简狄。相传简狄在娘家与其妹子在玄池温泉洗浴，有燕子飞过，留下一卵，被简狄吞吃，后怀孕生契，契的十四世孙成汤建立了商朝。

娶于陈丰氏的女子庆都。相传她是大帝的女儿，生于斗维之野（大概在今河北蓟县），被陈丰氏妇人收养，陈丰氏死后又被尹长孺收养。后庆都随养父尹长孺到今濮阳来。因庆都头上始终覆盖一朵黄云，被认为是奇女，帝喾母闻之，劝帝喾纳为妃，后生尧。

娶于娵訾氏的女子常仪。常仪，聪明美丽，发长垂足，先生一女叫帝女，后生一子叫挚。挚与尧都继承了王位，做了帝王。

[帝喾]

帝喾姓姬，名俊，号高辛氏，河南商丘人，为"三皇五帝"中的第三位帝王，即黄帝的曾孙，前承炎黄，后启尧舜，奠定华夏根基，是华夏民族的共同人文始祖，商族的第一位先公。

东亚海洋神话传说

向西运行。

当太阳在汤谷里洗完了澡，升上扶桑树时，叫做晨明；升至扶桑树顶，登上母亲准备好的太阳车，将要出发时，叫做朏明；行至曲阿，叫做旦明；行至曾泉，叫做早食；以后每经过一个重要地方，都有一个代表时间的名目。羲和一直将儿子送到悲泉，剩下的一小段路要让太阳自己行走了。可是她总不放心，看着爱儿走向虞渊，进入昧谷，等到最后她才驾驭空车，回归东方的汤谷，准备伴送第二天出勤的儿子，再开始新一天的行程。

十个太阳儿子，天天由母亲护送，如此日复一日，年复一年，羲和与十个孩子严格按时度过每一个白昼，给人间送去温暖。

汤谷即"旸谷"，是神话传说中太阳升起之处。与虞渊相对，虞渊指传说中日落之处。

根据史料记载，汤谷位于山东东部沿海地区，是上古时期羲和族人祭祀太阳神的地方，是东夷文明的摇篮，也是中国东方太阳文化的发源地。

《淮南子》记载："日出于汤谷，浴于咸池，拂于扶桑，是谓晨明。登于扶桑，爰始将行，是谓朏明。至于曲阿，是谓旦明。至于曾泉，是谓早食。"

昧谷：我国古代传说中西方日入之处。

东亚海洋神话传说 | 27

神秘鲛人

鲛人是我国古代神话传说中鱼尾人身的生物。干宝在《搜神记》中记载，鲛人神秘而美丽，他们生产的鲛绡，入水不湿，他们哭泣的时候，眼泪会化为珍珠。西方传说里的美人鱼与鲛人相似，都是生活在大海里神秘而美丽的生物，是人类对神秘海洋生物和美好生活的向往。

> 《山海经》《大德南海志》《岛夷志略》《元史》《搜神记》《述异记》等中均有关于鲛人的记载。

中国很早就有鲛人的传说，到魏晋时代，有关鲛人的记述渐多渐细。在曹植、左思、张华的诗文中都提到过鲛人。传说鲛人世代居住在海洋的深处。鲛人是鱼尾人身的神秘生物，与西方神话中的美人鱼相似。

鲛人法力通常并不高深，性情也相当温和。人身鲛尾，流线修长，身材好，近似人类，略为瘦高。

男性鲛人背上有角质鳍，女性是透明软质，因此男性看起来凶恶而女性柔美。

鲛人织绡，既薄且韧、沾水不湿，更兼轻柔飘逸，是人间难得的珍品，可制成披风、裹带等衣物。

鲛人的油，燃点极低，一滴就可以燃烧数日不灭，若是炼制出精品的鲛油，将燃烧万年不熄。传说秦始皇陵中就有用鲛人油制作的长明灯。

鲛人泣泪成珠，在《博物志》有记载："鲛人从水出，寓人家积日，卖绡将去，从主人索一器，泣而成珠满盘，以予主人。"为表示小小的感谢，鲛人一下就送了一盘珍珠。

不过，据传说鲛人若是泣珠过多，很快便会双目失明，再泣则成血珠，泣出血珠的鲛人，则必将不久于人世。传说在月圆之夜鲛人哭泣时，滚落的鲛珠特别圆。

鲛人向往陆地的热闹，但是，正常情况下鲛人无法在水外生存超过一天。只能靠药物或者巫术来适应陆地。长期

> 唐朝李商隐的诗《锦瑟》中的"沧海月明珠有泪"便引用了鲛人的传说，据说鲛人哭泣的时候，眼泪会化为珍珠。

[《山海经》中的鲛人]

使用药物或者巫术的话，健康会受损，寿命会缩短。

传说中鲛人是古人类某国为避战祸用魔法改变了体质躲入水中而成族，另一个传说是渔人遇海中仙人而被变为仆，但谁也不知道鲛人真正来历是什么，传说永远只是传说。

唐人李颀《鲛人歌》云："鲛人潜织水底居，侧身上下随游鱼。轻绡文彩不可识，夜夜澄波连月色。有时寄宿来城市，海岛青冥无极已。泣珠报恩君莫辞，今年相见明年期。始知万族无不有，百尺深泉架户牖。鸟没空山谁复望，一望云涛堪白首。"

东海神夔

《神魔志异·灵兽篇》记载：上古奇兽，状如青牛，三足无角，吼声如雷。久居深海，三千年乃一出世，出世则风雨起，雷电作，世谓之雷神坐骑。

▲ [夔龙纹]

《说文解字》："夔，神魅也，如龙一足。"
《六帖》："夔，一足，踔而行。"

《山海经·大荒东经》描写夔是"状如牛，苍身而无角，一足，出入水则必有风雨，其光如日月，其声如雷，其名曰夔"。但更多的古籍中则说夔是蛇状怪物。

传说中国东海上有一座"流破山"，夔就居住在此山之上。夔的身体和头像牛，但是没有角，而且只有一条腿，浑身青黑色。据说夔放出如同日月般的光芒和雷鸣般的叫声，只要它出入水中，必定会引起暴风。

上古时期，黄帝在和蚩尤的战争中，久战不胜，被困于太山之下，黄帝依九天玄女的指示，在东海"流破山"捕获了夔，用它的皮制作军鼓，用它的骨头作为鼓槌，结果击打这面鼓的声响能够传遍方圆500里，使黄帝军士气大振、蚩尤军闻声丧胆。

后来到了秦始皇时期，秦始皇获知夔的皮做成的鼓，可以振奋士气，就亲自带兵捕捉了一头夔，效仿黄帝做成了鼓，此后的战争中，战鼓所到之处，无不所向披靡，最终秦始皇统一了六国。

> 在商晚期和西周时期青铜器的装饰上，夔龙纹是主要纹饰之一，形象多为张口、卷尾的长条形，外形与青铜器饰面的结构线相适合，以直线为主，弧线为辅，具有古拙的美感。自宋代以来的著录中，在青铜器上凡是表现一足的、类似爬虫的物象都称之为夔，这是引用了古籍中"夔一足"的记载。其实，一足的动物是双足动物的侧面写形，故不采用夔纹一词，称为夔龙纹或龙纹。

▲ [夔]

非凡海洋大系　海洋神话传说集锦

大水冲了龙王庙

这个神话故事讲述的是被贬龙子因为做好事被误会，导致被和尚刺了一剑后掀开海眼，淹了不远处的龙王庙。

▲ [动画中施法的东海龙王]

我国民间自古就有把龙当作掌管雨水的水神进行崇拜的习俗。3000多年前，人们祀龙求雨便有了确切的文字记载。甲骨卜辞保存有不少这方面的资料。

传说在很久以前，东海岸边有座龙王庙。离龙王庙几里远的地方有块菜地，菜地紧挨着一座庙。庙里的老和尚和种菜的老头是好朋友，两人经常在一起下棋聊天。

这天，他俩闲聊时，老头神秘地对老和尚说："方丈，有件奇事，原先我那二亩菜园子都是我自己打水浇，可自从昨天开始，等我去浇园子时，菜园子已都浇过了，也没看见是谁给浇的。你说怪不怪？"

老和尚听了也觉得奇怪，决定弄个水落石出。

当晚，老和尚早早地来到菜园，在不远处藏了起来，等到天快亮时，从菜园旁边的井内射出一道白光，飞出一只带翅膀的怪物。只见它的两只大翅膀扇了几下，井水就溢出老高。眨眼间，菜已全部浇好了，随后怪物跳入井内不见了。

一连好几天夜里都是这样。这天夜里，练过武的老和尚带了把宝剑，等那只怪物刚一飞出井口时，一个箭步上去猛刺了几下。那只怪物翅膀一斜，一头栽入井中。顿时一声巨响，井裂开有几亩大的口子，大水翻滚。眨眼间，连几里外的龙王庙前也是一片汪洋。

龙王大怒，带领水兵前来与那怪物交战。战了三天三夜，怪物因寡不敌众，现了原形。原来它是龙王的三太子，因犯了律条，被贬出了东海，三太子为了立功，想在凡间做些好事。不想被和尚刺了一剑，一怒之下，掀开海眼，淹了龙王庙。与龙王交战时又不敢泄露天机，造成一场误会。后来，人们在议论这事时，都说"大水冲了龙王庙，一家人不认一家人"。

"大水冲了龙王庙"出自清代文康所著《儿女英雄传》的第七回。比喻本是自己人，因不相识而相互发生了误会、冲突、争端。

东亚海洋神话传说 | 31

望洋兴叹

望洋兴叹出自《庄子·秋水》，原指在伟大事物面前感叹自己的渺小，现多比喻做事时因为不胜任或没有条件而感到无可奈何。

在很久以前，黄河里住着一位河神，人们叫他河伯。河伯站在黄河岸上，望着滚滚的浪涛由西而来，又奔腾跳跃向东流去，便欣然自喜，自言自语："黄河真大呀，我就是世上最大的水神啊！"

大海告诉他："在黄河的东面有个地方叫北海，那才真叫大呢。"

河伯固执地说："我没见过北海，我不信。"

大海无可奈何，告诉他："有机会你去我的北海，就明白我的话了。"

秋天到了，连日的暴雨使大大小小的河流都注入黄河，黄河的河面更加宽阔了，隔河望去，对岸的牛马都分不清。

> 《中国历史地图集〈元、明时期〉》卷：元、明时期的东海和南海均略同于今世，北海指今鄂霍次克海，元朝岭北行省北部——北冰洋的喀拉海亦称北海。

▲ [汉代浮雕：河伯出行图]

河伯是我国古代神话中的黄河水神。原名冯夷，也作"冰夷"。在《抱朴子·释鬼篇》里说他过河时淹死了，就被天帝任命为河伯，管理河川。据《九歌·河伯》描写，河伯是位风流潇洒的花花公子。

河伯之名起于战国，传说不一。因黄河经常泛滥为灾，故河伯亦性情暴虐，神话谓羿曾以箭射其左目。由于其威不可测，故古有"河伯娶妇"的恶俗，人们以此祈求他平安无恙。后魏国西门豹不信其说，以智禁绝之，并率民修渠治水，终绝水患。

非凡海洋大系 | 海洋神话传说集锦

东亚海洋神话传说

这一下，河伯更得意了，以为天下最壮观的景色都在自己这里，他在自得之余，想起了有人跟他提起的北海，于是决定去那里看看。

河伯顺流来到黄河的入海口，突然眼前一亮，放眼望去，只见北海汪洋一片，无边无涯，一眼望不到边，他便深有感触地对海神海若说："俗话说，只懂得一些道理就以为谁都比不上自己，这话说的就是我呀。今天要不是我亲眼见到这浩瀚无边的北海，我还会以为黄河是天下无比的呢！那样，岂不是被有见识的人永远笑话了，哈哈！"

海神海若笑容满面地说道："井底的蛙，不能跟它谈海之大，因为它被狭小的生活环境所局限；夏天的虫，不能跟它谈冬天的冰，因为它受到气候时令的限制；知识浅陋的曲士，不能跟他谈大道理，因为他被拘束于狭隘的教育。现在你走出了水崖河岸，看到了浩大的海，才知道你的鄙陋，你才可以同我谈论大道理了……"

严格来讲这是庄子写的一篇寓言故事，是庄子思想中的精华。意在告诉我们，做人不要狂妄自大，更不能好高骛远。要知道，人外有人，天外有天。

海若，我国古代传说中北海的海神。出自《庄子·秋水》："于是焉河伯始旋其面目，望洋向若而叹。"

东亚海洋神话传说

▲ [庄子雕像]

庄子(约前369—前286)，战国中期哲学家，名周，字子休（一作子沐），蒙（今安徽蒙城，又说河南商丘、山东东明）人。是我国先秦（战国）时期伟大的思想家、哲学家和文学家。

庄子原是楚国公族，楚庄王后裔，后因乱迁至宋国，是道家学说的主要创始人。与道家始祖老子并称为"老庄"，他们的哲学思想体系，被思想学术界尊为"老庄哲学"。庄子的代表作《庄子》被尊崇者演绎出多种版本，名篇有《逍遥游》《齐物论》等，庄子主张"天人合一"和"清静无为"。

青石龙和白虎山

非凡海洋大系

海洋神话传说集锦

青龙星和白虎星为了自由和爱情，历尽千辛万苦，最后又被海龙王压到山底下，永远成不了夫妇。可是，百姓根本不买海龙王的账，反而更加怀念这对情深意笃的恋人。

▲ [青龙]
青龙原为中国古老神话中的东方之神，东方七宿星君四象之一。也是东方的代表，五行中属木，也因青色是属木的，有左青龙、右白虎的说法。

▲ [白虎]
白虎也是战神、杀伐之神。白虎具有避邪、禳灾、祈丰及惩恶扬善、发财致富、喜结良缘等多种神力。

很久以前，青龙星在东海龙宫里当侍卫将军，这位青龙将军对上有令则行，对下有求必应。百姓若受旱灾，青龙便会汲来东海之水，化作雨露，解救民间干旱之苦。因此，百姓们都很敬重他。

有一次，玉皇大帝下旨，要在东海水晶宫挑选一名得力将领到天庭任职。东海龙王忍痛割爱，把自己最得意的青龙将军送上去。

青龙星上天之后，玉皇大帝封他为灵霄宝殿的值殿将军。开始几年青龙星像在东海龙宫一样，日子倒也过得不错。后来，他与王母娘娘身边的一位宫女白虎星，平时常有接触，天长日久，双方渐渐产生了爱慕之情。他们约定在王母娘娘寿筵之夜，众天神赴蟠桃盛会之际，一同私奔凡间，永结伴侣。

好不容易等到这天，他俩偷偷溜出西天瑶池，急匆匆奔到南天门。不料，被四大金刚拦住了去路。

玉皇大帝得知他俩偷偷私奔，非常气愤，当即传旨将青龙星贬回东海，将白虎星罚到凡间。两人永久分离，不得相会。

青龙星怀着悲愤的心情回到了东海龙宫。东海龙王怕得罪天宫，也不敢重

▲ [青石龙]

▲ [白虎山]

岱山历史悠久，据岛上出土的文物考证，5000年前的新石器时代，岛上已有人类繁衍生息。有文字记载的历史也有2000多年。

用青龙星，只派青龙星当了一个推潮神。

青龙星从此做起推潮神来。一日推两潮，苦熬苦撑，没有出过半点差错。心里总苦苦地思念着被贬入凡间的白虎星。

再说白虎星，被罚到凡间以后，在镇海一个官宦人家当了侍女。一次，镇海发了一场大水，这官家侍女也被淹得半死，随着洪水漂呀漂呀，最后被风浪刮到了岱山岛的一个沙滩上。不知过了多久，白虎星醒了过来，才知是当地土地救了她。

土地公公悄悄告诉她，青龙星自从被贬回东海，就在这一带做推潮神。白虎星谢过土地公公，马上赶去相会。

白虎星和青龙星久别重逢了，他俩又高兴又伤心，互相倾吐了别后的苦恋之情。谁知此事被东海龙王知道了，怕玉帝知道了怪罪他管理不善。当即下令去将白虎星镇在岱山岛西北面的一座山下，这座山后来叫"白虎山"；将青龙星镇在岱山岛东南面的一块礁石上，这块岸礁弯弯曲曲伸向大海，远远望去，活像一条石龙，当地老百姓就将这块礁石称为青石龙。

此后，岛上居民每逢大年三十夜，都要在家里的水缸、米缸、菜橱上贴上印有龙图的"青龙纸"，以示纪念。

四神在古代中国中另一个主要表现就在于军事上，在战国时期，行军布阵就有"前朱雀后玄武，左青龙右白虎"。

在古时，头有角的为公龙；双角的称为龙，单角的称蛟；无角的为螭，古时玉佩常有大小双龙，仍称母子螭。

东亚海洋神话传说 | 35

巧妹绣龙

巧妹绣龙是一则关于龙的神话传说。讲述白老龙因为施雨触犯了天条,巧妹为救白老龙而绣龙,但最终白老龙还是未能幸免大罪的故事。

从前,东海渔岛上有个姑娘名叫巧妹。她从小爱绣花,天天绣,年年绣,越绣越爱绣,见啥绣啥。绣出红虾蹦蹦跳,绣出青蟹横着爬,绣出鱼儿摇尾巴,真是绣活啦。

有一年,海岛大旱,五月不下雨,六月不刮风,七月不见一丝云。火辣辣的太阳,晒得泥土龟裂,石头冒烟,水井干了,禾苗枯了,甚至巧妹绣的牡丹花也枯谢了。

大旱以来,大家都到白龙溪去求雨,白龙溪的老龙苦于天条约束不敢下雨,所以天还是越求越旱。巧妹看天一直不下雨就想绣条龙,要是绣活了,让绣龙喷水化雨,那有多好呀,可惜她没见过龙,于是决定去白龙溪找那里的龙。

巧妹找遍了海中海,山里山,寻遍了弯里弯,还是不见白老龙的影子。她淌着汗,喘着气,再也走不动了,终于昏倒在岩石旁。

白龙溪的老白龙看到了,一阵心酸,感动得落下两滴眼泪。一滴眼泪一阵雨,泪雨落在巧妹嘴里,巧妹不渴了;一滴泪雨落在山陌里,禾苗转青了;一滴泪雨落在枯井里,井里有水了。眼泪化雨,虽未解除旱害,人们还是感激不尽。可是,这事被东海龙王知道了,气得龙眼突出,龙须直

▲ [白龙刺绣]

翘，大骂白老龙私降泪雨，触犯天规。并派人前去捉拿白老龙。

再说巧妹，见下起雨来，心里一高兴，便兴冲冲地跑回家来。谁知道刚到家门口，却见一位老爷爷急匆匆朝她走来告诉她："巧妹呀！我就是白龙溪的白老龙，只因那天掉了两滴眼泪，下了一阵小雨，触犯了天规，龙王要拿我治罪！你不是要绣龙吗？绣吧！绣一条白龙，和我一模一样。要是龙王来抓我，你就放出绣龙，我便有救了！"

说罢，老爷爷变成了一条白色的老龙。

小妹又惊又喜，连忙细细看，牢牢记，然后说："白老龙爷爷，我全记住了。"

白老龙满意地说："巧妹呀！快快绣呵！绣好了快来找我！"

说罢匆匆腾云而去了。

白老龙走了后，巧妹赶紧找蓝绸和几缕丝线，头不抬，手不停，针引线，线随针，飞快地绣了起来。

一天一夜，两天两夜，三天三夜，巧妹的眼睛熬红了，巧妹的手指头起血泡了，绣成了腾云驾雾，仰头摆尾的白老龙，真像要行云布雨的样子哩！

第四天一早，巧妹带着绣好的龙，去找白老龙，可是怎么也无法找到。

原来在昨天深夜，东海龙王已经把白老龙抓到灵霄殿，告他个私降泪雨触犯天规的大罪，玉帝不分青红皂白，将白老龙定了斩刑。当刽子手一刀砍下了龙头时，突然，轰隆隆一声巨响，白老

▲ ["C"形龙——红山文化大玉龙]

我国远古时期的龙形图案基本上呈"C"形，后来逐渐向"S"形过渡演变。在山西襄汾陶寺出土的一个属于龙山文化早期（距今约4500年）的泥质褐陶盆，里面所绘龙纹整体呈"C"形。最典型的"C"形艺术品莫如红山文化大玉龙，该玉龙出土于内蒙古翁牛特旗三星他拉村，高26厘米，由墨绿色软玉琢成，通体磨光，龙神蜷曲成"C"形，被誉为"中华第一玉龙"。

▲ ["S"形龙——西汉瓦上的龙]

一般都有足、爪，有鳞甲，长角，口部有须。大部分龙形大同小异，这是统一的帝国中，文化已经基本统一的反映。

龙的龙头落到白龙溪，那一腔龙血由天空飞瀑而下，刚好洒在巧妹捧着的绣龙上。绣龙猛然一抖，呼啦啦腾空而起，在巧妹头上左盘右旋，最后落到白龙溪里去了。顿时，白龙溪清泉喷涌，溪水潺潺。从此，白龙溪一直没有干枯过，海岛再也不怕干旱了。

[圣姑娘娘庙]

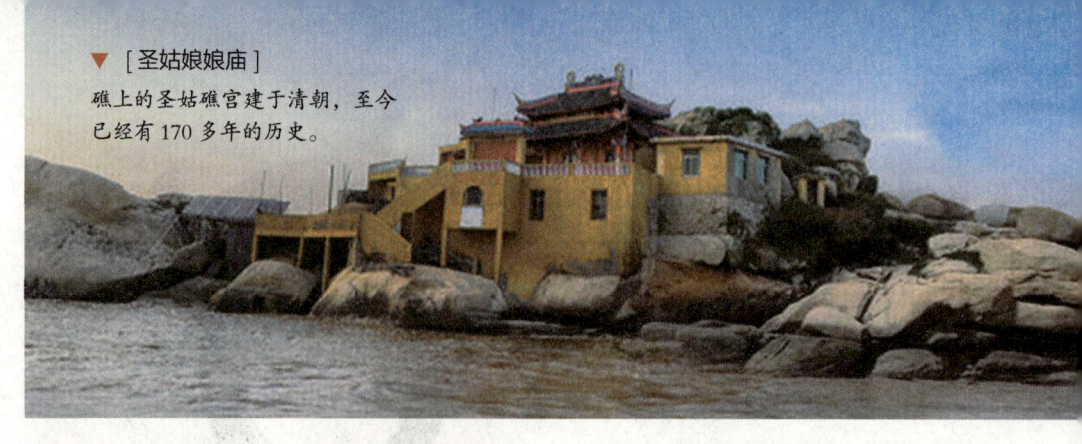

礁上的圣姑礁宫建于清朝，至今已经有 170 多年的历史。

非凡海洋大系

海洋神话传说集锦

礁神圣姑娘娘

这是世界上最接近海平面的神庙，为纪念妈祖显灵而建。

在浙江嵊泗大洋山，有这样一个小岛，安静悠然，海风伴着海腥味，码头对面就是一个黄色的庙宇，精致的庙宇仿佛天造地设般地静立，当地人称之为"圣姑庙"。

有人说这是"世上最接近海平面的

▲ **[圣姑娘娘岛的"群贤毕至"]**

1860 年，湘潭雷玉春率刘长春等 7 名将军巡海到大洋岛时，有感大海之情，题了"群贤毕至"四个直书正楷大字。

神庙"，海拔不超过 1 米，每当大潮汛来时，海水就会覆过庙的基座，泊船于此，登岸就能进庙。当然，没有经过确实的考证，这个称号也不能随意冠称。一片舟、一块礁、一座庙，独立世外，融于海天之间，这是沿海建庙史上罕见的选址。正符合了脱离尘世的思想，可以说，这样的组合，无人能出其右。

据《嵊泗地名志》载：大洋山西北部有一个岙口叫圣姑岙，岙外有一座小礁叫圣姑礁，大小洋山岛之间的海域叫圣姑港，几乎都与圣姑有关。

据传，古代有一艘福建渔船在洋山面捕鱼，夜晚回岙突遇风暴，四周风吼浪哮，漆黑一片，渔船失去了方向，随时有触礁翻船的危险。此时，渔民向圣姑祷告，突然前方出现了一盏红灯，指引着他们绕过了岛礁，从而转危为安。而后，渔民为感谢圣姑的救助之恩，就在这小礁上建造了圣姑礁宫，并一直传承至今。

石狮流血大祸将至

这个故事有很多版本,并一直在浙江沿海流传,故事讲述的是小姑娘葛虹因为善良,使自己和母亲免于灾难。

很久很久以前,玉皇大帝派敖广治理东海,派妙庄王治理东京。不知过了几世几劫,东海龙王敖广的龙子龙孙、虾兵蟹将已多得不计其数,偌大的东海便显得十分拥挤,急需扩展领地。

而东京妙庄王骄奢淫逸,多年不理朝政,东京辖内盗贼横行,怨声载道。东海龙王于是就上奏天庭,恳请玉帝下旨塌陷东京,澄清玉宇,说东京已经没有善者。玉帝听得龙王的奏报,没有立刻答复龙王,而是钦点吕洞宾下界查看东京有无善者,3年后来天庭复命。

吕洞宾变成老者的模样来到东京,开了个香油铺,挂了块招牌,上写"勿过秤油店"。门上贴了副对联,上联为"铜钱不过三",下联为"香油可超万",横批为"心安理得"。

再说敖广回到东海以后,越想越觉得蹊跷,就派七须龙到东京监视吕洞宾。七须龙就在吕洞宾的香油铺旁边做起屠夫来。

凡是来买香油的人,吕洞宾一概收三个铜钱,至于油舀多少,悉听买主自便。原来,它的油缸是通长江的,只要长江水不干,油缸也不会见浅。

这一天,一位叫葛虹的少女提着一

> 在中国以东方为尊位,按《周易》来说东为阳,故此东海龙王排第一便是理所应当,东海龙王为四海龙王之首,亦为所有水族龙王之首。

满瓶油进店来。吕洞宾纳闷地问:"小姑娘,你怎么不拿空瓶来?"

少女答道:"老伯伯,刚才我用三个铜钱换了一满瓶油,母亲说我太贪心了,她在瓶肚上做了记号,要我把记号以上的油倒还给你。"

吕洞宾心头一阵发热,想着:自己开油店将近3年,终于可以向玉帝复命了。于是,他从墙上摘下一个葫芦瓢交给葛虹说:"小姑娘,这个葫芦瓢给你,你收藏好。以后,你每天去城门口看石狮子,倘若石狮子头上出血了,灾祸就

◀ [石狮]
狮子一直是守护人们吉祥、平安的象征。石狮的摆放有规矩,呈对称性,位置与我国男左女右的习俗相同。即当人走出大门时,雄狮安放在人的左侧,而雌狮则是在人的右侧。

东亚海洋神话传说

要来了，你就去找葫芦，它会告诉你怎么办的。"

监视吕洞宾的七须龙，在之后连续三四天，都看见一少女急匆匆来到城门口，仔细看看石狮子的头，转身又往回走，他心里顿生疑窦。于是，他天天跟踪葛虹，到第七个早晨，再也忍不住了，就悄悄走到葛虹面前，和颜悦色地问道："小姑娘，我看你天天到城门口来看石狮子，不知为啥？"

葛虹生性淳厚善良，从不知怀疑别人，就实话相告："卖油老伯伯告诉我，石狮子头上出血了，灾祸就要来临了。"

那七须龙听了葛虹的话，当天下半夜，就盛了一碗热腾腾的猪血泼在两只石狮子的头上。

[吕洞宾]

次日，葛虹看见石狮子满头都是血，还冒着热气，顿时惊恐万状。她慌忙往回跑，但听背后轰隆一声，城门早已倒塌。她一路跑，背后的地一路塌，待她跑到家中，周围已是波涛汹涌了。她猛想起卖油老人给的葫芦瓢，赶紧拿出，葫芦瓢就迅速变成了一只小船，葛虹母女俩搬了一些日常用品，就跳上了船，也不知小船漂了多长时间，忽听得一棵千年古树上有人喊救命，正是卖油老人，因为船太小了，她把老人接上船，自己只能跳入水里，左手攀着船舷，右手划着水。

小船安全靠岸后，吕洞宾对葛虹说："快把家用杂物放到地上，越多越好！"

葛虹按照吩咐在地上支起锅灶，放了瓶盏碗碟。又铺开席子，欲让老人和母亲歇一会儿，回头一看，却不见了老人的踪影。

风浪越来越大了，四周都成了汪洋大海，唯有葛虹母女坐处和放家当的地方安然无恙。后来，那条葫芦船变成了舟山岛，葛虹母女歇着的地方成了岱山岛，放包袱的地方成了衢山岛，放家当的地方成了许许多多岛山。

塌东京的波浪平息后，敖广的子子孙孙逐渐占领了舟山海域的各个湾、角、坑、潭、洞，大龙小龙、雄龙雌龙、青龙白龙、善龙恶龙编演出千百个东海龙的故事。

四海龙王的故事

原来早年分配四海管辖权的时候，西海龙王是最吃亏的，完全靠自己造了个西海，才做了龙王。

很久以前，海龙王有四位顽皮的龙王子，这四兄弟每天翻江倒海的，无所事事，把海龙王愁坏了。

为了让四个龙子有点担当，海龙王想出了个办法，他将龙子们召进水晶宫，说："你们已经长大，应独当一面了。"随后命大王子敖广去东海，当东海龙王；二王子敖钦去当南海龙王；三王子敖顺做北海龙王。海龙王本想留小王子敖闰在身边，可小王子却抢着说："我就做西海龙王吧！"海龙王哈哈大笑，连连称赞："行！"于是，小龙王独自西行，找遍了华夏九州，也未见到西海。

敖闰来到祁连山南麓，疲惫不堪，伤心地哭诉："没有西海，我怎么做西海龙王？"

哭着哭着，他想起幼时看见父王唤雨的几招神功。于是他登上祁连山顶，设台施法，霎时间狂风大作，却仅落下

▲ [四海龙王壁画]

> 四海龙王是奉玉帝之命管理海洋的四个神仙，弟兄四个中东海龙王敖广为大，其次是南海龙王敖钦、北海龙王敖顺、西海龙王敖闰。

几滴雨……他施法多日未见成效，却惊动了玉皇大帝。

玉帝心慈，令雷公、电母、风伯、云童相助。顷刻间电闪雷鸣，狂风暴雨，造了面积5000平方千米、平均水深有20多米的大海，这就是西海。

从此敖闰便成了这个西海的龙王了。

为救百姓不顾龙宫安全

非凡海洋大系 海洋神话传说集锦

西海龙王敖闰为了牧民的生活，而不顾龙宫安全，把大量的海水用来浇灌牧场，这个功德值得传颂。

这个故事看似和大海没有太大关系，但是在远古天山脚下或许真的有大海的存在。地壳运动使得一切都变得可能。

相传在远古天山脚下有一个美丽的大海，俗名西海。西海的龙王叫敖闰，有一年，突然天降大旱，百草枯死，牛羊死亡，人们只能眼看着茫茫无边的西海而叹息。

西海龙王敖闰不顾自己龙宫安危，吸水降雨，将西海之水一口吞去三分之二，然后飞上天空，将水普降草原，使千里草原得救，然而西海从此却变成了一个小湖，也就是现在的博斯腾湖。

草原得救了，牧民为了纪念敖闰的功绩，便在通天河的河口岛上修建了一座庙宇，塑了西海龙王敖闰的全身像。庙宇虽然离居住区很远，但牧民们为了感激龙王的盛恩，仍然朝夕前往敬香。

> 博斯腾湖，中国最大的内陆淡水吞吐湖，又名巴喀剌赤海，蒙语称博斯腾尔，维吾尔语称巴格拉什库勒，古称西海。《汉书·西域传》中的"焉耆国王至员渠城，南至尉犁百里，近海水多鱼"中的"近海"，《水经注》的"敦薨浦"，均指此湖。

▲ [西海龙王]

龙公主戏神珠

《龙公主戏神珠》讲的是吹得一手好渔笛的伙浆仔(渔船上烧饭、做杂工的男孩子),救了因为贪听他的笛声而误落渔网的黄神鱼(其实是东海龙王的三公主变的)。三公主为了报恩,赠给他神珠后,伙浆仔的一段曲折奇遇。

相传燕窝岛有个小伙,家里很穷,十五六岁就到渔船上去当伙浆仔打杂工。伙浆仔敦厚老实,手脚勤快,还吹得一手好渔笛。

有一天,和往常一样,伙浆仔坐在船头上,吹响了渔笛,婉转动听的笛声在海面荡漾。

船老大和伙计们,第一网就捕到了一条金灿灿的鱼,船老大一眼就看出是黄神鱼,凭经验,有黄神鱼的地方,一定有鱼群。

船老大望着黄神鱼,笑嘻嘻地说:"伙浆仔,你去剖鱼烧鱼羹请大家尝尝鲜补补神,捕个大网头,一网鱼装三舱!"伙计们听了满心欢喜,有的摇橹,有的撒网。

伙浆仔接过黄神鱼仔细打量着:这条鱼浑身金鳞闪亮,背脊上有一条鲜红鲜红的花纹,头顶红彤彤,嘴唇黄澄澄。唇边还长着两条又细又长的胡须。

伙浆仔心里想,这样好的鱼杀掉烧鱼羹,多可惜啊!他心里舍不得,但船老大让杀,没办法只能拿起刀,在磨石上擦擦地磨了两下,突然,他听到一阵女孩子的哭泣声,感到奇怪,船上哪来

> 据史料记载,燕窝岛生产燕窝的历史悠久,已有400多年。这里生产的金丝燕窝,窝层肥厚,细嫩柔软,色泽透明,营养丰富,是燕窝之魁首。自古有"大洲燕窝好,名扬海内外"的说法,至今尚在流传。

▲ [燕窝岛]

的姑娘?他惊疑地四下一望,只见黄神鱼嘴巴一张一闭,双眼噗噗流泪,顺着伙浆仔的手往下流。伙浆仔鼻子一酸,手捧黄神鱼,走到船舷边,就这样把黄神鱼放进了大海。

黄神鱼跳入大海,同时泛起一朵朵银白色的浪花,浪花中间冒出一个姑娘,水灵灵的一双大眼睛直盯着伙浆仔,伙浆仔窘得满脸通红,急忙用刚才被黄神鱼眼泪流过的手,揉了揉眼睛,定睛再看,姑娘不见了。

东亚海洋神话传说

非凡海洋大系
海洋神话传说集锦

▲ [龟丞相剧照]

龟丞相，民间传说中龙王的亲信，常常会陪同龙王幻化为人，到人界游玩。它掌管着龙宫内外的一切事务，为龙王出谋划策，龙王也往往对它言听计从。

> 《太上洞渊神咒经》中有"龙王品"，列有以方位区分的"五帝龙王"，以海洋区分的"四海龙王"，以天地万物区分的54名龙王名字和62名神龙王名字。

> 传说认为，凡是有水的地方，无论江河湖海，都有龙王驻守。龙王能生风雨，兴雷电，职司一方水旱丰歉。因此，大江南北，龙王庙林立，与土地庙一样，随处可见。如遇久旱不雨，一方乡民必先到龙王庙祭祀求雨，如龙王还没有显灵，则把它的神像抬出来，在烈日下暴晒，直到天降大雨为止。

伙浆仔以为自己看花了眼睛，又用手揉了揉。突然，眼前一亮，海底下的海藻泥沙、龟鳖蟹虾，看得清清楚楚、明明白白。

从此，岛上的渔民都传开了，说伙浆仔的眼睛能看到海底的鱼群。大伙都喜欢跟伙浆仔出海，他说哪里有鱼，渔民就往哪里撒网，网网不落空，次次满载而归。

燕窝岛上的渔民日子越过越兴旺，人人感激伙浆仔。这可吓坏了东海龙王，急忙找来龟丞相商讨对策。

一天，风和日丽，海天蔚蓝。伙浆仔坐在小船上吹着他的渔笛，忽然狂风大作，一个海浪把他卷到了海里。等他醒来的时候，发现眼前有一幢水下宫殿，接着，宫门里闪出一群宫女，簇拥着伙浆仔进了宫殿。宫殿里早就摆下了一桌酒筵，龟丞相请伙浆仔入席，端起酒杯，满脸堆笑，说是那日伙浆仔救了龙王三公主，龙王有心招婿，没想到被伙浆仔拒绝了，随后一队墨鱼围了上来，猛地喷出墨汁。伙浆仔只觉得双眼一阵剧痛，昏死在地。

伙浆仔虽然回到了家乡，却双目失明了，再也不能出海捕鱼了。他心里充满着忧伤和愤恨，常常独自一人无聊地坐在海边，吹着心爱的渔笛。

夜深人静，三公主听到伙浆仔的笛声变得忧伤凄恻，便循着笛声来到海边，猛见伙浆仔双目失明，顿时明白了父王许婚的用心。

三公主张口吐出腹中龙珠，放在伙浆仔的眼睛上。伙浆仔眼珠闪烁出一道亮光，越来越明亮，毒汁黏在龙珠上，异光灿烂的龙珠越来越暗淡！最后变成了一颗小黑球。

三公主失去龙珠，渐渐地现出龙形，哗一声，向大海深处游去。

据说，后来龙王拗不过女儿的请求，终于答应每日奉献海产万担，算是报答伙浆仔的救命之恩！

妈祖收晏公

妈祖娘娘是我国著名的海神，原名林默，因为她在出生时不哭不笑、不说不闹，险些被父亲丢了，后来幸得一名老道的点化，才得以活下来。

晏公是古代民间传说中的一只怪物，面如黑漆，浓眉横髯，常年于海上兴风作浪。

有一次，林默乘着一艘渔船，准备顺路给一个生活在小岛上的渔民看病。船到海中时，突然风浪大作。渔船像一片树叶似的，在风浪中漂浮。船上的人，个个呼天唤地。这时，艄公突然喊："桅舵摇撼矣！"林默看了，大声对船上人说："不要怕！"接着又对艄公说："抛旋！"艄公听她说得有理，就照吩咐放下船旋。

说也奇怪，船旋刚放下去，船身就安定起来。林默走到船头一看，只见一个满脸胡须、目周凸凸、头戴金冠、身穿绣服的人，骑着一只海豚，随着浪涛上下浮沉。他看到林默站在船头，就立即鼓起风，掀起浪，一下子雷腾雨啸，黑云满天。林默坐的船，又剧烈地摇动起来。林默知道是这个海怪作祟，马上念起咒语，取出一道符箓，向海面丢去。顿时，雾散天晴，一股大风，一排巨浪，直向海怪冲去。那海怪见势头不对，就收了妖法，坐在海豚背上，高举双手，向林默作揖，而后一言不发地离去了。

> 晏公原本是江西地方性水神，明初因朝廷推崇而成为具有全国性影响的水神。职司平定风浪，保障江海行船，因而在东南沿海和江河湖泊沿岸地区信仰极为盛行。

◀ [妈祖娘娘收服晏公]

东亚海洋神话传说

非凡海洋大系

海洋神话传说集锦

▲ [晏公庙]

晏公姓晏，名戍仔，江西临江府清江镇人。曾以人才应选入官，为文锦局堂长，因病归，登归身时，便溘然而逝。后来，人们便立庙祭祀他。此后，晏公常在江湖河海显灵，明代玉封为"神霄玉府晏公都督大元帅"，后因保佑海运，被封为显应平浪侯。

海怪只不过一时被林默所制伏，并不服输，又改变了方法，化作一条黑龙，张牙舞爪，腾云驾雾，在海面上翻滚起来。林默心想：上次我已让你生还，你却不知退步，这次又来兴风作浪，扰害生灵，若不制伏，后患无穷。于是，林默又念起咒语，把一张渔网抛向黑龙。

黑龙冷不防被渔网网住，尽力翻腾打滚，始终无法逃脱。海怪知道林默法力广大，就现出本相。林默见了，说："你是什么地方凶神，敢来这里兴风作浪，扰害生灵？"海怪说："我是东海海神，今日巡逻到这，看你站在船头，不怕大风大浪，因此施展法力，想用风浪吓你一吓。想不到反被你制伏。请神姑宽恕！"林默听了，怕他又是花言巧语，就收起渔网，丢过缆绳，叫他拉着。海怪不知是什么，伸手接了缆绳，想不到立时被捆缚住了，而且越缚越紧，捆得又严又实，无法转动，只能随着波浪起伏。海怪无可奈何，只得向林默央求："我臣服神姑，愿听神姑号令。"林默看海怪有悔改的意思，就说："要去掉捆缚，你必须答应我一件事。"

"好，我答应，你说吧！"

"东海海面，风大浪急，船民常常翻船落水。从今以后，你必须去这一带海面巡逻，保护渔船，赎回以往罪过，你答应不答应？"

"听神姑差遣！"

林默看他臣服，就念咒收了缆绳，解开海怪身上的捆缚，说："去吧！"

海怪向林默一拜，化身去了。这个海怪就是晏公，现在妈祖庙里那尊黑脸鼓眼的菩萨就是他。晏公还成了妈祖手下水阙仙班的总管，协助妈祖保护渔船海上平安。

在我国历史上，曾有一个名为"晏公元帅"的抗倭将军。他就是戚继光的部将晏继芳。

传说有一次倭寇入侵浙江温州的瑞安市，掳去三百多名老百姓为人质。戚继光派遣部将晏继芳前往解救，经过艰苦奋战终于使被掳民众脱离苦海。

为了感激戚家军及晏继芳将军救命之恩，各地纷纷建成"老子庙"、塑元帅像以纪念他，称其为"晏公元帅"或者"老子爷"。

现在金乡镇内南水门的"前所庙"还专门供奉有"老子爷"晏继芳的塑像，而其他庙宇也同样塑有"晏公元帅"塑像。我国沿海各地经常可见到"晏公殿""晏公庙""晏公巷"，可见"菩萨"同样是人的化身。

鲁班借龙宫

聪明的鲁班把龙太子和鲤鱼都绘制进他的图纸，此后成了房屋建造的一大特色。

东亚海洋神话传说

▲ [鲁班像]

鲁班为我国春秋时期鲁国人，姬姓，公输氏，名班，人称公输盘、公输般、班输，尊称公输子。"般"和"班"同音，古时通用，故人们常称他为鲁班。

话说鲁班造房子的手艺天下第一，举世无双，但是，天下最好看的房子是什么样子的呢？鲁班想破脑袋也想不出来。

鲁班想到了海底的珊瑚玉树，想到了海底龙宫，想得一整夜睡不着。第二天一大早，鲁班就跑到东海，向东海龙王借龙宫。

鲁班大名鼎鼎，东海龙王推托不过，只得借给他："龙宫可以借给你，不过，三天期限一到，你就要还回来。"

"别那么小气嘛，难道就不能多借几天吗？"鲁班扛了龙宫回来，放在花草地上，前面是水，后面是山。

大伙儿一见，都围过来观赏，个个夸这龙宫真好看，红砖墙，绿瓦背，门窗雕着金花龙凤，用波浪做成屋檐，四个飞檐屋角最好看，高高翘起，就像长了四只大翅膀。有了四个飞檐，那龙宫也活了，马上就要原地起飞似的。

"这龙宫，真是天下最好看的房子啊！"大伙儿都这样说。

鲁班目不转睛地看着龙宫，围着那龙宫转。

第一天，鲁班摸摸门，摸摸窗，又爬梯子去摸屋檐，喜欢得舍不得离开。

东亚海洋神话传说 | 47

非凡海洋大系

海洋神话传说集锦

▲ [东海水晶宫——来自动画片《哪吒闹海》]
《哪吒闹海》中的场景既吸收了中国传统绘画中"平"和"远"的特点,也保留了电影画面对"纵"和"深"的要求。
这幅水晶宫的定稿图是如此美轮美奂,而且深具中国壁画的特色。

他思量了大半天,还没来得及拿出纸笔画图画,天就黑了。

第二天,鲁班照着龙宫的式样画图纸,他画了又擦,擦了又画,只觉得无论怎么画都没办法把龙宫的妙处画出来。太阳落山,月亮出来,鲁班刚刚把图纸画好,还没来得及吩咐徒弟买建筑材料,天便黑了。

第三天,鲁班吩咐徒弟买来建筑材料,开始赶工。可是,才刚刚打好地基,没来得及把房子建好,天又黑了。

三更时分,东海龙王派龙太子和金鲤鱼大将来取龙宫啦。

俗话说:"龙布风,鲤行雨。"龙太子和金鲤鱼大将还没到,就吹来一阵大风,下了一场大雨。挂在屋角的铜铃"丁零当啷"响起来,铜铃吵醒了鲁班,鲁班连忙叫徒弟们起身,在房子四周钉大

> 传说锯子也是鲁班所发明,其实依考古学家发现,居住在中国地区的人类早在新石器时代就会加工和使用带齿的石镰和蚌镰,这些是锯子的雏形。

木桩,房子四面角才刚刚钉好,龙太子和金鲤鱼大将就到了,它们用力搬,搬不动,用力推,推不动,用力拔,拔不起。站在屋顶上的大公鸡见这情景,"喔喔喔"大叫起来。

太阳听到鸡叫,"嘭"的一声从东海升起来,一下子升得老高老高,龙太子急得爬上瓦背顶,金鲤鱼急得拿鱼头直撞门。可是无论它们怎么拉,怎么扯,

48 | 东亚海洋神话传说

▲ [墨斗]

墨斗是木工用以弹线的工具，传说为鲁班发明。此工具以一斗型盒子贮墨，线绳由一端穿过墨穴染色，已染色绳线末端为一个小木钩，称为"班母"，传说为鲁班的母亲发明。

现如今，木工师傅们用的手工工具，如钻、刨子、铲子、曲尺，画线用的墨斗，据说都是鲁班发明的。而每一件工具的发明，都是鲁班在生产实践中得到启发，经过反复研究、试验出来的。

怎么撞，龙宫还是一动也不动。

太阳晒得越来越热，龙太子无路可逃，在屋顶晒住了——龙头扑在屋角上，龙身沿着瓦背横睡着，龙尾晒干了，高高翘起来。

金鲤鱼被晒得耐不住，乱蹦乱跳，最后粘在大门上，弓着身子，张开大嘴，睁大了眼睛。

鲁班看到屋顶上的龙和张大嘴的金鲤鱼，觉得房子这个样子非常棒。他连忙照着样子，把图纸画好了。然后就把龙宫还回去了。

▲ [动画片中的东海龙王——敖广]

俗话"有眼不识泰山"中的泰山可不是山东的那个泰山，这里还有一段小故事。

鲁班的手艺巧夺天工，传说他曾用木头做成飞鸟，在天上飞三天三夜都不下来。可就是这样一位高人，也有看走眼的时候。鲁班招了很多徒弟，为了维护声誉，他定期会考察淘汰一些人，其中有个叫泰山的，看上去笨笨的，来了一段时间，手艺也没有什么长进，于是鲁班将他扫地出门。几年以后，鲁班在街上闲逛，忽然发现许多做工精良的家具，做得惟妙惟肖，很受人们欢迎。鲁班想这人是谁啊，这么厉害，有人在一旁告诉他："就是你的徒弟泰山啊。"鲁班不由感慨地说："我真是有眼不识泰山啊！"

东亚海洋神话传说

煮海治龙王

> 舟山群岛关于龙王的传说很多，这则故事讲述龙王想独占金藏岛，使得岛民流落他乡，乳气未脱，穿着开裆裤的海生，在纺花仙女的帮助下战胜了龙王，夺回了自己的家园。

相传，舟山西南面的一个小岛叫金藏岛，据说满岛都藏着金子，很多本岛人和外来的人都曾在岛上寻找金子，可是没有人真正找到金子。

金藏岛和周边的岛屿上树倒屋坍

不知道过了多少个世纪，这满岛藏金子的消息被贪得无厌的东海龙王知道了。他为了获得这满岛藏金的宝地，竟调遣龙子龙孙、虾兵蟹将，直向金藏岛扑来。眨眼间，恶浪滔天，狂风大作，金藏岛和周边的岛屿上树倒屋坍，鸡飞狗跳，人们忙着逃命去了，一派凄惨景象。

金藏岛东首有座纺花山，山上住着一位纺花仙女，她目睹东海龙王无端作恶，心中愤愤不平。于是她手拿神帚，朝海面轻轻一拂，漫上山来的滚滚潮水退了。金藏岛上幸存的男女老少，纷纷逃往纺花山避难。

花织成渔网

纺花仙女化作一位白发苍苍的百岁阿婆，告诉大家，只要纺花织成渔网，就能斗败龙王！救回大家赖以生存的金藏岛。大家听了百岁阿婆的话，齐心协力，整整织了七七四十九天，纺花织出了一顶九九八十一斤重的金线渔网。

海生自荐

虽然有了可以匹敌龙王的金线渔网，但是谁也不敢带头去与龙王交战。就在这时，只有七八岁的海生从人群中跳了出来，拍着胸脯说："我去！"

乡亲们一看是海生，乳气未脱，穿着开裆裤，不禁心里凉了半截。

纺花仙女却认为下海斗龙王，贵在有胆量，同意让海生去，并拿出一套可以避水的金线衣，给海生穿上，又向海生传授了斗龙的秘诀。

获得煮海锅

海生穿上金线衣，一下子变成了一个力大无穷、顶天立地的巨人。海生毫不费劲地拿起那顶九九八十一斤重的金线渔网，扑通一声跳进了汪洋大海。

不一会儿工夫，海生来到海中，取出金线网说声："大！"那网铺天盖地撒向大海。万万想不到，第一网收起，就擒住了东海龙王的护宝将军狗鳗精。

海生听纺花仙女说过，只要擒住狗鳗精，就可得到煮海锅；有了煮海锅，就能保全金藏岛。于是命令狗鳗精快快交出煮

海锅来!

金线网越缩越小,被罩在网中的狗鳗精痛得死去活来,为了活命,只得乖乖地交出了煮海锅。

煮海治龙王

海生和大家一道按照纺花仙女的指点,在海边支起煮海锅,烧旺一堆干柴火,一炷香过去了,煮得海水冒热气;两炷香过去了,煮得海水起白泡;三炷香过去了,煮得东海龙王带着龙子龙孙、虾兵蟹将,老老实实浮出水面,直喊饶命,答应退却海水,金藏岛终于又露出水面重见天日。

海生见海水退去,便端开煮海锅,熄了火,东海龙王突然一个浪头将煮海锅卷得无影无踪了。

海生急得直跺脚,跺得地动山摇,所有埋藏在地下的金子,都被海生跺了出来,纷纷飞向海岸,落在滩头。眨眼之间,变成了一道金光闪闪的大海塘,任凭潮涌浪翻,金塘巍然屹立,纹丝不动。

▲ [金塘岛]

金塘岛是舟山群岛中的第四大岛,与舟山本岛仅一水之隔,全岛面积为77.35平方千米。金塘岛历史上是舟山的产粮区,是舟山附近岛屿中第一个粮食自给岛。岛上特产金塘李,以其皮青心红、果大核小、汁多鲜美而著名。岛上家具行业甚为发达,以其用料讲究、做工精细、款式新颖、色泽光亮而风靡国内外家具市场,故金塘岛又有了"家具岛"的美名。

舟山海岛渔民尤其忌说"翻"字,怕出海遇风浪翻船。譬如菜盆中的大鱼吃了一半不能说"翻过来吃",要说"划过来或转过来吃"。夏天翻晒黄鱼鲞、乌贼鲞、龙虾、鱼烤时也不能说"翻一翻",要说"划一划";还忌说"下"字,"下饺子",要说"煮饺子","下饺子"俗称人掉落海里"淹死"。"下海"要说"出海";也忌说"霉"字,连谐音的"煤"字也不能说。"烧煤饼"只能说"生炉子"。

自此以后,东海龙王再也不敢来兴风作浪,黎民百姓也可安享太平,而"金藏岛"也被人们改称为"金塘岛"了。

化成禅寺位于浙江省舟山市定海区金塘镇山潭村的吉祥岭下,是金塘岛上最早的开放寺院之一。寺院随坡而建,规模十分壮观,从舟山跨海大桥进入金塘境内后,远远望去就能见到庄严巍峨的化成禅寺。

东亚海洋神话传说

桃花岛龙女

非凡海洋大系　海洋神话传说集锦

关于桃花岛米鱼洋的来历有很多种说法，本文是流传最广的一个版本：苦命的渔女，被逼嫁给渔霸，在出嫁前变成龙去寻找昔日的恋人，而后被狠心的龙王关进了桃花岛的桃花洞。

话说桃花岛曾有一个渔女从来不打扮，自幼爱梳两条"冲天辫"。她还有个怪脾气，一年四季不洗澡。有一次，阿娘笑骂她："这么大的姑娘了，也不洗洗澡！人家不来笑话你，总怪我做娘的欠管教。"渔女咯咯笑，扑在娘的怀里撒了一阵子娇，转身就跑掉了。

渔女是阿爹从海边拾来的。那一天，风大浪高海咆哮，一婴儿搁在海边直哭叫，刚巧阿爹海边过，赶忙把她抱回家，用鱼汤当奶汁抚养她长大。

渔女长到十八岁，媒人挤破屋。可是渔女谁也不嫁，只喜欢青梅竹马的捕鱼人阿祥。

年初，西村渔霸让阿祥出海去捕鱼，渔霸趁阿祥出海之际，用渔女的家人性命威胁，欲强娶渔女。

被逼无奈，渔女只能答应这门婚事，她越想越悲伤，一不洗梳，二不打扮，含泪饮泣织渔网。

渔霸差使嫂嫂来劝说，要她先洗澡，后试新衣裳。

渔女泪汪汪地对嫂子说："我要十八个盛满水的缸，我就去洗澡换新装！"

嫂子听后，也无其他办法，只能照办。

▲ [桃花岛]

桃花岛古称"白云山"，秦时安期生抗旨南逃至桃花岛隐居，修道炼丹，一日喝醉后将墨水洒于山石，成桃花纹，斑斑点点，故石称"桃花石"，山称"桃花山"，岛称"桃花岛"。桃花岛从宋至明洪武十九年属昌国县安期乡，清康熙初年建安期乡桃花庄，光绪年间为定海安期乡，民国时改称桃花乡，后几经建区并乡，撤区并乡，直至今日的桃花镇。

52 ｜ 东亚海洋神话传说

▲ [桃花岛射雕英雄传旅游城]

在舟山桃花岛上有占地面积2000多平方米的金庸文化园，这是全国首家以武侠文化为内涵的文化馆。文化馆粉墙黛瓦，翘檐凌空，庭院深邃，在这里你能全面了解一代武侠宗师金庸先生的传奇人生和真实风采。

渔女见到十八缸清水后，关上了门，一个人在房内洗澡。

十八年不洗澡，现在要用十八缸水洗一次澡，嫂嫂越想越奇怪，她凑近门缝往里看，这一瞧吓得嫂嫂魂飞掉，只见里面那东西，长长的，亮晶晶，头长玲珑角，身披白玉鳞，口喷水珠万点银，尾溅莲花浮彩云，在十八只水缸之间乱翻腾！

渔女变成了龙，破窗门而出，一头扑进屋前河里，朝东海阿祥捕鱼的方向游去。

渔女变成龙，这事惊动了东海龙王，喊来巡海夜叉查问缘由。

巡海夜叉不敢瞒实情，详详细细说分明：

"她正是龙公主的私生女，龙王爷你的小龙孙！十八年前被你丢出龙宫外，人间养她十八春；如今变龙回东海，天涯海角寻情人。"

东亚海洋神话传说

非凡海洋大系 海洋神话传说集锦

"桃花影落飞神剑,碧海潮声按玉箫"。在《射雕英雄传》中,桃花岛坐落于东海中。而在国内众多所谓"桃花岛"中,金庸"钦点"的桃花岛位于浙江舟山群岛东南部。它与普陀山、朱家尖带水为邻,距沈家门约14千米。

▲ [米鱼]

米鱼,一作鮸(miǎn)鱼,形似鲈鱼,体色发暗,灰褐并带有紫绿色,腹部灰白。背鳍鳍棘上缘黑色,鳍条部中央有一纵行黑色条纹。胸鳍腋部上方有一晴斑。其余各鳍灰黑色。大米鱼体形为两侧扁平向后延长状,背、腹部浅弧形。是宁波海鱼特产之一。

新版《西游记》外景拍摄地就是在桃花岛,并在此岛还拍摄了《射雕英雄传》《天龙八部》《神雕侠侣》《鹿鼎记》《倚天屠龙记》等电视连续剧。

龙王听了大吃一惊,怕家丑外扬,命令捉拿龙女,先剥鳞,再抽筋。龙公主听到此风声,又羞恨,又心疼,难断母女情,她不忍龙女受苦刑,暗派使女去报信,催促龙女快逃生。

龙女含泪游,游到桃花洋,总算找到了阿祥。她变成渔女旧模样,悄悄跳上那只船。

阿祥一见渔女面,连忙问短长。渔女泪往肚里吞:

"阿祥哥,先不要多问,再在这里撒最后一网,我们赶快回家门。"

阿祥听了渔女的话,求船老大撒最后一网。船老大阴阳怪气地说:"女子坐在渔船中,怪不得今天捕鱼网网空!还捕什么鱼,倒不如回家打瞌睡!"

渔女含着泪开口求船老大:"阿祥是个苦命郎,求你老大捕一网,不管鲜鱼多与少,算我渔女送阿祥。"

船老大没办法,只得放渔网。可是拉上网,只见网底一捧鱼,并且只有米粒那么大,顶多能烧一碗汤。船老大很生气地说:"姑娘,趁早回家去,我叫阿祥陪你一起回去。"

渔女捧出米粒大小的鱼,轻轻撒进舱里厢。霎时间小鱼变大鱼,三个船舱满得像山一样。这就是米鱼洋里米鱼肥的来历,桃花洋也由此多了个名字叫米鱼洋。

忽然,浪卷云涌,龙王派来虾兵蟹将把龙女抓走了,关在桃花洞,并派兵将把守洞口,不许阿祥和龙女再相会!

爱上刁曼岛的公主

刁曼岛有着干净的海水，清新的空气，水下也有着美轮美奂的世界，或许正是由于这些而使一位远嫁的公主抛弃了所有的一切而留了下来。

从前有一位住在龙宫的美丽公主，为了婚约千里迢迢从中国横渡了南海，准备到新加坡与她的王子完成婚礼。

在经过了长途的飞行后，公主觉得相当疲倦，于是找了一个中途的岛屿作为休憩的地点，这个岛屿温暖的阳光和平静美丽的海水不仅抚慰了公主疲惫的心，也深深地吸引了公主，于是公主决定放弃婚约，在这个岛屿永远居住下来，这个美丽的岛屿就是现今的刁曼岛。

岛上的锡穆库山和锡位山两座山峰是她的身躯，山周围的云彩是她呼出的气体。

▲ [刁曼岛]

刁曼岛，位于马来西亚东部，是由64个小岛组成的火山群岛中最大的一个，刁曼岛海岸曲折蜿蜒，岸边怪石嶙峋，金黄色的沙滩洁净柔软，海水清澈宁静，但刁曼岛最吸引人的地方还是五彩缤纷的热带鱼海底世界。

◀ [刁曼岛海底世界]

刁曼岛附近海水的透明度很高，可以用肉眼看到约100米水深的景物，游客们都被其丰富的海洋生态与炫丽的海底世界所吸引。

东亚海洋神话传说

夙沙氏煮盐

非凡海洋大系　海洋神话传说集锦

海盐是最早被开发利用的盐种，传说中夙（宿）沙氏是海盐生产鼻祖。夙沙氏煮海的传说有许多版本，这算是其中的一个版本。

海盐是最早被人类开发利用的盐种，早在距今5000年前的"五帝"时代，海盐就开始使用了。

传说在炎帝神农氏所管辖的一个部落里有位少年叫瞿子，他和母亲相依为命，靠打鱼捕猎为生。这一天瞿子从山上打猎回来后，发现整个村子遭受了狂风暴雨，母亲和许多乡亲被海中的恶龙夺去了生命。伤心的瞿子决定为母亲和乡亲们报仇。

于是，他用陶罐舀海水来煮，决定把大海煮干，以制伏海中的恶龙。就这样，经过几天的煮制，他发现每次把一罐海水煮干后，罐底总要留下些白色、黑色、红色、黄色、青色的颗粒。为什么会出现这种情况呢？

原来烧的燃料不同，煮出的颗粒就不一样。红松木柴煮出红颗粒，芦苇煮出白颗粒，青枫木煮出青颗粒……这些柴草燃烧时，烟灰裹在蒸汽之中沉入罐底，形成不同颜色的颗粒。但咸涩的味道却一样可以调味，人们给它起名叫龙沙，传说取尽龙沙，就能制服恶龙。于是有很多族人开始帮助瞿子煮海，以便尽早制伏恶龙，自此之后，部落首领带头，安排大量人力专门煮海。过了许多年，这个部落的首领年纪大了，他任命瞿子担任首领继续煮海。

后来，煮海水的事情被炎帝知道了，炎帝大为赞赏瞿子煮海制恶龙的决心，封瞿子所在的部落为夙（宿）沙氏，专门负责煮海制盐，只要恶龙不除，就不停煮海。夙就是早，宿则代表晚，意思是这个部落从早到晚煮盐十分辛苦。

▲ [夙沙氏雕像]

盐宗，首推的就是夙沙氏，其次还有其他几位盐宗，如食盐专营的创始人管仲，贩运食盐的祖宗胶鬲等。

大伴大纳言与龙头上的玉

这是发生在日本的一则小故事，说的是大伴大纳言，让人去取龙珠，结果没取到龙珠，差点连命都没有了。事后，他不但没有责怪家丁们办事不力，反而嘉奖了那些家丁。从此以后，凡做无理的事，就被叫作"啊，吃不消呀"。

> 大伴：日本古代的中央豪族。五至六世纪时十分活跃，曾统率来目部、靫负部、佐伯部等兵力，侍奉宫廷，是掌握倭王权军事力量的强大氏族。

> 大纳言是日本律令制度下朝廷的官位名，正三位大纳言。
> 根据《大宝令》规定，大纳言定额为四名。到藤原氏当权时，这样的人数已不够安插心腹，于是扩充了名额，另再设置权官（"权"字有临时之意）。主要的权官有权大纳言和权中纳言，于是大纳言到了镰仓幕府成立之时，已经增加到了八至十名之多。

大伴大纳言对家中的家丁们说，只要谁能取到龙头的玉，要什么东西他都给。

而家丁们咕哝着叫苦，他们不光没见过龙，就算见到又怎么能取得龙头上的珠子呀。

大纳言听到站在下面的家丁们的话，微怒道："养兵一世，用兵一时！况且龙这东西，也并非只产于唐土、天竺。我国的海边山上常有龙出没。你们怎么说是难事呢？"

家丁们见大纳言不高兴了，只能答应出去找龙玉。

大纳言笑道："这才是大伴家里的人，哪有办不成的事。"

大纳言把家中所有的绢、锦和金子

▲ [千与千寻——漫画]

在日本，与龙有关的神话最早出现于记述历史的《日本书纪》当中，约于我国秦朝同时期的"弥生文化"时代，传说中的"龙神"用神器创建了"大八洲"，也就是现在的日本列岛。

都取出来，交给这些家丁们，作为他们的路费。然后就开始吃斋念佛，等着家丁们能把龙玉取回。

家丁们一个个懒洋洋地出门找龙玉去了，也就是做做样子，没有人真的去找龙玉，而是躲起来了。

一晃一年过去了，在家等待的大纳言一直没见消息，不胜焦灼，便悄悄地带了两个随身侍从，微服来到难波港。

东亚海洋神话传说 | 57

大纳言看见一个渔夫，便问他："大伴大纳言家的家丁们乘了船去杀龙，取它头上的玉，这消息你听到过吗？"渔夫说没有。

大纳言听了这话，于是就雇了一艘船，向海中到处寻找他的家丁们，不觉来到了筑紫的海边。

忽然，天昏地黑，风越来越大，把船吹到了海的中央。大浪猛烈地冲击船身，船被波浪包围了。那个船户哭着说道："我长年驾着这船来来去去，从来不曾碰到这种可怕的情况，看来我的命运是很悲惨的了！"

船户接着对大纳言说："一定是你想杀龙的缘故。这暴风雨一定是龙神带来的。你赶快祈祷吧！"

大纳言听了这话，便大声祈祷："南无船灵大明菩萨！请听禀告：小人愚昧无知，胆大妄为，竟敢图谋杀害神龙，实属罪大恶极！自今以后，不敢损害神体一毛，务请饶恕，不胜惶恐之至。"

他大声念这祈祷，念了千百遍。雷声渐渐地停息。天色渐渐明亮起来，但风还是猛烈地吹着，把船吹到原来的登船地方，大纳言赶紧下船回家。

以前他派出去取龙头上的玉的家丁们，听到这个消息后，都回来了，对大纳言说道："我们因为取不到龙头上的玉，所以不敢回来。现在，大人自己也相信此物难取，想来不会责罚我们，所以回来了。"

大纳言站起身来对他们说道："难怪你们取不到龙头上的玉，原来龙这东西，是与雷神同类的。我叫你们去取它头上的玉，犹如要杀死你们。幸而你们没有把龙捉住，否则恐怕我也会遭殃。"说着就把家中剩下的锦絮和金子赏赐给了取不到龙头上的玉的家丁们。

于是世间的人们都说："听说大伴大纳言去取龙头上的玉，没有取到，眼睛上生了'啊，吃不消呀'这几个字回来了。"

从此以后，凡做无理的事，在日本就被叫做"啊，吃不消呀"。

▲ [日本龙的形象]

日本龙虽然名字被称为日本龙，但是并非由日本自己创造的，而是在东汉年间经由中国传入日本的。日本的龙文化深受中国的影响，大部分带有从中国大陆传去的痕迹。

非凡海洋大系　海洋神话传说集锦

造岛夫妻：
伊邪那岐命和伊邪那美命

被日本人奉为先祖的神明是伊邪那岐命与妹妹伊邪那美命，此二人降世的使命就是产神，他们诞下了后来的无数神明。

据日本传说，远古人类居住于漂浮在汪洋中的一块很小的陆地上，十分不稳定，于是众天神就昭示伊邪那岐命和伊邪那美命去修固国土。

在天之浮桥上，伊邪那岐命和伊邪那美命将众神赐予的天沼矛插入海中并搅动海水，再将矛提起。这时从矛尖滴下来的海水凝聚成岛，这就是淤能基吕岛，意为自然凝结成的岛屿。

生了个水蛭子

岛屿形成后，伊邪那岐命和伊邪那美命兄妹二神降到岛上，树起天之玉柱，建立起八寻殿。

此二神虽然是兄妹却背负造神的任务，伊邪那岐命向他的妹妹说："我们

▲ [伊邪那岐命和伊邪那美命——漫画]
在日本，伊邪那岐命和伊邪那美命是万物之父、母，其地位相当于我国的伏羲、女娲。

东亚海洋神话传说 | 59

围着这根天之玉柱走，在相遇的地方结合，生产国土和众神吧。"

伊邪那美命从右边转，伊邪那岐命从左边转，于是他们便绕着柱子走。当相遇时，伊邪那美命说："哎呀！你真是个帅小伙！"

伊邪那岐命接着说："哎呀！真是个好女子！"

就在这个地方他们为了造神和国土而结合了，有了孩子，却是个水蛭子（指骨骼发育不全的胎儿）。于是他们把这个孩子放进芦苇船，让他顺水流去。

诞生的八岛组成了日本的大部分

伊邪那岐命和伊邪那美命决定，去请教一下天神到底是什么缘故使得他们生的孩子不好。

天神告诉他们说："因为你们上次结合前，女人先说话了，不好。"

兄妹二神回来，像以前那样绕着天之玉柱走。

这次相遇时，伊邪那岐命抢先说："哎呀！真是个好女子！"

伊邪那美命应答道："哎呀！你真是个帅小伙！"

这样说过之后，二神再次结合，生产了淡道之穗之狭别岛（即淡路岛）、伊豫之二名岛（四国的古称）、隐伎之三子岛（即隐岐国）、筑紫岛（九州的古称）、津岛（即对马岛）、伊伎岛（即壹伎岛）、佐度岛、大倭丰秋津岛（即大和，指本州岛）。以上诞生的八岛组成了日本的大部分国土，所以日本古时又称为大八岛国。

又生十神

生完国土后，伊邪那岐命与伊邪那美命又生诸神。依次名叫大事忍男神、石土毗古神、石巢比卖神、大户日别神、天之吹男神、大屋毗古神、风木津别之忍男神、海神大名津见神、水户神速秋津日子神、秋津比卖神，共十神。

▲ [水蛭子——漫画形象]

日本山幸彦和海幸彦的故事

弟弟山幸彦弄丢了哥哥海幸彦的鱼钩，为了搜寻，向盐椎神求救，盐椎神带他奔赴龙宫向海神求助，山幸彦在龙宫与海神的女儿丰玉姬结了婚，得到了鱼钩和潮盈珠、潮干珠，降伏了哥哥。

> 火远理命，一般称作山幸彦，《日本书纪》称之为彦火火出见尊，是日本神话中的一位神祇。又名山佐知毗古、天津日高子穗穗手见命、日子穗穗手见命、虚空津日高。

> 火照命，一般称作海幸彦，又称海佐知毗古，是日本神话《古事记》中登场的一位神祇。

根据日本神话记载，正如兄弟俩的名字，弟弟山幸彦非常擅长在山里狩猎，所以他的猎具是弓，而哥哥海幸彦非常善于渔猎，所以他的猎具是鱼钩。

某天，山幸彦向哥哥海幸彦提议交换猎具，交换后兄弟俩不但没啥收获，山幸彦还把鱼钩丢失在海里了……为了赔偿哥哥，山幸彦用自己的短剑制作了1000个鱼钩，但是海幸彦并不买账，扣下了弟弟打猎的弓，并要求山幸彦找回自己原本的鱼钩。

无奈的山幸彦跑到海边大哭，惊动了掌管潮汐的盐土老翁（也被称为盐椎神），盐土老翁听完事情原委后，驾船载山幸彦去了海神的宫殿，希望能得到海神的帮助，山幸彦到了海神宫殿门口时，看到了海神的女儿丰玉姬，丰玉姬也好奇地看到了山幸彦，他俩一见钟情。

海神见到山幸彦后也是异常满意，立刻把丰玉姬嫁给了山幸彦，之后山幸彦和丰玉姬便过上了幸福的生活。忘记了替哥哥找鱼钩的事。

▲ [山幸彦和海幸彦]

> 盐土老翁含有"潮汐之灵""潮汐之路"的意义，因此乃司掌海洋潮汐、航海之神。在日本《记纪》神话故事中，盐土老翁扮演的皆是提供信息情报给主人公、在重要时刻指示下一步行动的重要角色。这和希腊神话里某些"海边的老人"一样，都是表达海洋神祇传授智慧知识给人类之意涵。

东亚海洋神话传说

非凡海洋大系

海洋神话传说集锦

三年后，山幸彦猛然想起了自己来宫殿的缘由并告诉了海神，海神帮他找回了鱼钩，在山幸彦回去前，还送了他两件宝物——潮盈珠和潮干珠，用以对抗海幸彦。

山幸彦回去后海幸彦果然大怒，弟弟失联三年，他不怒才怪。

山幸彦并未屈服，他站立着，显示其人生赢家的身份，手持已经找回的海幸彦的渔具。

他用潮盈珠淹没了海幸彦的领地，在海幸彦求饶后，山幸彦用潮干珠救了海幸彦。此时，哥哥海幸彦手上仍然拿着弟弟的弓，但却单膝跪下，表示已经臣服。

神话结束了，山海兄弟的故事到这里也算结束了，不过山海兄弟最终和解了，俩人都改为了站姿，不分主从，而海幸彦最终也拿回了自己的渔具；山幸彦的孙子后来成为了神武天皇，所以山幸彦改穿了华服，而海幸彦最终成为了萨摩地区隼人族的祖先，所以他仍然穿着隼人族的民俗服饰。

日本神话中"三贵子"中的长女天照御大神，是太阳女神。她的另一个名字为"大日霎贵"。

丰玉毗卖和玉依毗卖是海神绵津见的女儿，在《日本书纪》里写作海神丰玉彦。绵津见神是伊邪那岐命和伊邪那美命的儿子。

▲ [山幸彦与海之女相遇]

此图中两女子分别是海神之女丰玉姬和玉依姬，两个女子都与山幸彦发生了关系，所以这幅图又叫"生命的相遇"。

日本鹈户神宫的故事

山幸彦看到了妻子丰玉姬生产的时候变成了母鳄鱼，使得妻子感到羞耻而离开了丈夫。从此海陆通路堵塞了。

▲ [日本鹈户神宫]

日本宫崎鹈户神宫建于公元782年。它的设计修建与日本其他地方的神社有很大不同，正殿建在绝壁处裂开的洞内。它面向大海，以朱红色为主色调，外临峭壁断崖，俯瞰碧海波涛，看上去十分巍峨壮丽。

面向日本南海岸的鹈户神宫本殿位于太平洋岸的一崖洞内，依山而建，有几进门楼，重要的是它供奉着日本民族的祖神。传说日本第一代天皇的父亲诞生于此，靠岩石上滴下的泉水养活。神社里有母玉石，上有两块凸起之处，恰似女性乳房，据称女子摸过后会生产顺利、奶水充足。神宫下的海边，有一龟状石头，龟背上有一圆形凹处，传说男子用左手，女子用右手，将神宫特产的一种素烧黏土块投入小洞的话，就能梦想成真。

相传海神的女儿丰玉姬怀孕后，随丈夫山幸彦从大海来到陆地，在海边砌了一栋产房，打算在这里生孩子。他们原想用鹈鹕的羽毛修葺屋顶，可是还没

东亚海洋神话传说

非凡海洋大系

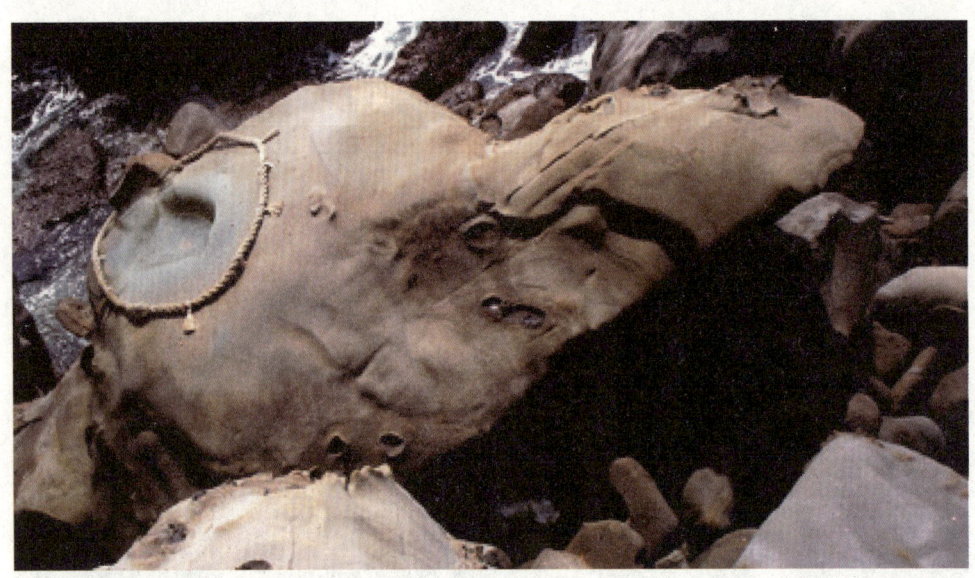

海洋神话传说集锦

▲ [有凹槽龟状石头]

等屋顶修葺好，丰玉姬便生产了，夫妻俩将生下的孩子取名为鹈葺草茸不合。生产时，丰玉姬对丈夫山幸彦说，决不能偷看产房。因为她是海神，生产时将变成母鳄鱼。然而山幸彦还是看见了，她因此而感到羞耻，便返回故乡海原，从此以后，海陆的通路便堵塞了。

传说这就是人类不能进入海洋世界的原因。现在日本年轻人新婚，还喜欢去宫崎县的鹈户神宫。鹈户神宫中供奉的就是鹈葺草茸不合神，他被视为安产神，其由来也许就是这一神话故事吧。

▲ [丰玉姬]
丰玉姬，自古以来就被日本人尊崇为海神、水神。

▲ [鹈葺草茸不合]

希腊海洋神话传说

波塞冬曾与雅典娜争夺雅典

相传波塞冬野心勃勃,而且好战。他不满足于所拥有的权力,成天在大海里生活让他烦腻了,所以想到了海边的城市雅典,并有心把它归入自己的管辖范围,于是就和智慧女神雅典娜发生了冲突。

波塞冬与智慧女神雅典娜争夺对雅典城的保护权,以便能收取这个富裕城市的保护费,当时雅典相当于奥林匹斯山的直辖市。

波塞冬是海中的主宰,而雅典娜却是雅典最有权威的神,按理说,波塞冬是宙斯的哥哥,一个小小的雅典对于海神波塞冬来说应该是唾手可得。但聪明的雅典娜女神却和海神说:"如果你要强占雅典,我无话可说,如果你是尊贵的神,我们就比一比,看谁更适合做雅典的主人。"

波塞冬当即答应,他们请来宙斯主持奥林匹斯众神投票裁决。

打赌的内容是看谁能给人类一件有用的礼物,波塞冬用三叉戟敲击海面,海面上跃出一匹骏马;雅典娜将长矛插在地上,地上长出了一棵橄榄树。骏马是用来拉动战车的动力,象征着战争,而橄榄树是和平的象征,而且可以榨油,给雅典人民提供财富。结果宙斯没有把这一票投给象征战争的哥哥,雅典娜以多数票胜出,波塞冬虽然心有不服,但也只能灰溜溜地回到了海洋中。

▲ [波塞冬]
波塞冬是古希腊神话和古罗马神话传说中一位重要的神,即海神、海王、海皇,是克洛诺斯和瑞亚之子,宙斯之兄。

普罗忒奥斯的预言

这是古希腊的一则神话故事，普罗忒奥斯只会将秘密告诉那些能抓住他的人……

[普罗忒奥斯]

普罗忒奥斯，也叫普罗透斯，是希腊神话中的一个早期海神，也称海洋老人。身份颇有争议，有人认为他是海神波塞冬的后代，也有人认为他是涅柔斯和多里斯之子，或是俄刻阿诺斯同一个放牧海豹的奈阿得斯所生。他有预知未来的能力，但他经常变化外形使人无法捉到他；他只向逮到他的人预言未来。

海洋老人普罗忒奥斯生活在尼罗河三角洲海岸外的法罗斯岛上，以驯牧海上的野兽为生。

据《奥德赛》一书中记载，墨涅拉俄斯向来访的忒勒玛科斯讲述了他在法罗斯岛上的经历。

墨涅拉俄斯因为从特洛伊回程前触怒了众神，他的船被迫停滞在岛上。

墨涅拉俄斯在岛上期间遇见了普罗忒奥斯的女儿埃多泰娅，埃多泰娅听说他们触怒了众神而被困岛屿，但是却不知道因为什么而触怒众神，埃多泰娅看着墨涅拉俄斯焦急的样子，就告诉墨涅拉俄斯，她的父亲是普罗忒奥斯，能知道过去和预知未来，但是只会告诉那些能真正抓住他的人。在确认墨涅拉俄斯没有恶意后埃多泰娅才答应帮助他们。

普罗忒奥斯每天中午都会将海豹从海中赶到岛上的岩洞里午休。埃多泰娅教给墨涅拉俄斯如何制伏父亲的方法，还给了他一些海豹皮作为伪装。墨涅拉俄斯和几个手下就混入了海豹群，被普罗忒奥斯随着海豹一起赶进了岩洞午休。墨涅拉俄斯和手下披着海豹皮，等普罗忒奥斯沉睡过去后，才跳起掐住这个善变的神灵，不管他怎么变化，墨涅拉俄斯就是不松手。最后，普罗忒奥斯终于投降，向他揭示了他所要的信息，告诉他是因为启程前没有祭祀众神而触怒了他们；还预言他的兄弟阿伽门农将在回家时被妻子的情夫埃吉斯托斯谋害……

此后，墨涅拉俄斯重新祭拜了众神后便上路了。

> 墨涅拉俄斯是希腊神话中斯巴达的国王，是阿伽门农之弟，海伦之夫，其妻海伦被帕里斯勾引，成为特洛伊战争的导火索。

希腊海洋神话传说

信使特里同

非凡海洋大系　海洋神话传说集锦

特里同是古希腊神话中的海之信使，他一般被表现为人鱼的形象，上半身是人形但带着一条鱼的尾巴。就像父亲波塞冬一样，也带着三叉戟。

▲ [特里同]

他特有的附属物是一个海螺壳，用来当作号角以扬起海浪。当他用力吹响这只海螺的时候，就像一只凶猛的野兽所发出的咆哮，连具有神力的巨人都为之动容。

特里同是古希腊神话中的海之信使，海王波塞冬和海后安菲特里忒的儿子。

根据赫西俄德的《神谱》，特里同和他的父母住在大海深处的金殿内，而《阿尔戈英雄记》中特里同居住在利比亚的海边，当"阿尔戈"号驶上小叙尔特斯的海岸后，迷失了方向，船员们在特里同指引下驶入了地中海。

特里同还出现在罗马神话和传说中，在《埃涅伊德》中，亚尼斯的号手米瑟努斯向特里同挑战，后者将这个狂妄的人扔下了海。

随着时间流逝，特里同已经不仅仅是神话中的海之信使，而被形容为一族或男或女的人鱼生物特里同斯，他们通常组成海神的护卫队。特里同的一个变种形同半人马鱼，被描绘为具有马的前腿、人的身体以及鱼的尾巴。可能特里同这一形象来自腓尼基鱼形的神。海王星最大的卫星海卫一就叫做特里同。

一个金苹果引发的故事

珀琉斯和女神忒提斯邀请众神参加婚礼，唯独忘了邀请不合女神厄里斯，由此而引发了一个金苹果之约的故事。

宙斯听到一个预言，说如果忒提斯与神灵结婚，她就能够生下一个比自己法力还大的儿子来。宙斯生怕失去自己的地位，就让海洋女神忒提斯嫁给了一个叫珀琉斯的凡人。婚礼那天，众神均受邀参加婚礼，唯独没有邀请不合女神厄里斯。

不合女神厄里斯怀恨在心，在婚礼上将一个金苹果呈现给宾客，上面写着"送给最美的女神"。

> 忒提斯是海洋女神，深海之内游动的万物都归属于她的统治之下。她是海神涅柔斯和海洋女神多丽斯的女儿，是他们众多女儿之中的最贤惠者。在提坦之战时曾召来百臂巨人帮助宙斯对抗提坦神们。

在场神级最高同时也最为美艳的三位女神：众神之母赫拉、智慧女神雅典娜和爱神兼美神阿芙罗狄忒（与其相对应的是维纳斯）为了抢夺金苹果争论不休，其他众神害怕得罪三位女神都不敢

▲ [海洋女神忒提斯]

希腊海洋神话传说

希腊海洋说话神传 | 69

非凡海洋大系

海洋神话传说集锦

▲ [油画中的帕里斯和情人海伦]

发言，天神宙斯见自己妻子赫拉也在其中，就推脱让山上牧羊的漂亮小伙子帕里斯做评判。

三位女神为了获得金苹果，分别给帕里斯开出诱人的条件：

赫拉愿给他无上的权力，并保佑他做一个高高在上的统治者；

雅典娜愿意赐给他智慧和力量，鼓励他有勇气去冒险，闯出一条英雄般辉煌的路；

阿芙罗狄忒答应让世界上最漂亮的女子爱上他，并做他的妻子。

帕里斯想来想去，最后将金苹果给

帕里斯是特洛伊王普里阿摩斯的儿子，在生产的那一夜，王后赫卡柏做了一个梦，预言者参详这梦说："这孩子将使特洛伊灭亡。"于是全王宫的人都愁容结眉的，普里阿摩斯却狠了心，命侍从把这新生的孩子带出王宫，抛到荒僻的伊达山去，后来帕里斯就成了牧羊小伙子。

> 海伦是天神宙斯和凡人廷达瑞斯的妻子丽坦所生的女儿。

了阿芙罗狄忒。

后来，帕里斯在阿芙罗狄忒的帮助下拐走了斯巴达国王墨涅拉俄斯的王后——美女海伦，海伦被诱走一事，引起了希腊各族人的公愤。斯巴达国王墨

希腊海洋神话传说

◀ [赫拉雕像]

赫拉是古希腊神话中奥林匹斯十二主神之一,是俄刻阿诺斯之女,主神宙斯的妻子,主管婚姻和家庭,被尊称为"神后"。她是战神阿瑞斯、火神赫准斯托斯、青春女神赫柏和生产女神狄斯科尔狄娅的母亲。她在奥林匹斯山的地位仅次于她的丈夫宙斯,高傲的智慧女神雅典娜也要服从赫拉的旨意。

涅拉俄斯的兄弟——迈锡尼国王阿伽门农,邀请了希腊各路英雄调集10万大军、1186条战船,组成声势浩大的希腊联军,远征特洛伊王国,就这样爆发了持续10年之久的特洛伊战争。

忒提斯将孩子浸入冥河水中

海洋女神忒提斯因和凡人珀琉斯结婚,导致孩子没法成神,她希望自己的孩子跟她一样永生不死,而不是跟他父亲一样做一个凡人,所以用各种方法希望能使孩子们成为人们敬仰的神,可见不管是神还是凡人,对孩子的期望都是一样的。

在希腊神话中,海洋女神忒提斯和凡人珀琉斯共生有7个孩子,为了使他们都可以进入奥林匹斯山众神之列,她不惜亲手杀死了除了被珀琉斯保护的阿喀琉斯之外所有的孩子。这样他们死后的灵魂便可荣登神位。

还有另一种说法称,她是将孩子们浸入冥河水中,洗去人性。但最终的目的是能让孩子们变成神。

据传,阿喀琉斯具有健美的肌体、无敌的武艺和忘我战斗的冒险性格。神谕他有两种命运:或者默默无闻而长寿,或者在战场上光荣地死亡。

海洋女神忒提斯为了保护自己的儿子阿喀琉斯避免上战场,将其打扮成女孩,送去远方的小岛,不惜一切手段使孩子免受战争带来的死亡命运。

阿喀琉斯一出生就注定了战死特洛伊的命运,忒提斯为了改变儿子的命运,背着丈夫将他放在天火中烧,放在冥河中泡,期望去除他身上凡人的气息,使他成为神,直到一天夜里这个秘密被丈夫珀琉斯发现,忒提斯不得不选择离开,而后来阿喀琉斯毅然参加了特洛伊战争并果然死在战场上。

▲ [油画中忒提斯将孩子们浸入冥河水中]

米诺陶洛斯

在希腊神话中，米诺陶洛斯是克里特岛上的半人半牛怪，是克里特岛国王米诺斯之妻帕西菲与牛交配的产物。

▲ [古迹壁画中的米诺陶洛斯]

▲ [古老的克里特岛迷宫钱币]

克里特岛米诺斯国王，为了获得海神的关照，每年都要向海神波塞冬进献一头最好的公牛。

有一年，他的牧群出产了一头非常漂亮的公牛，米诺斯舍不得把它送给波塞冬，所以用了另外一头牛来进献，但是被波塞冬全都看在了眼里。

波塞冬很生气地说："好，既然你这么喜欢这头牛，我就让你的女人也喜欢它！"于是，波塞冬把米诺斯的妻子帕西菲变成了嗜牛癖。帕西菲为了吸引发情的公牛，穿上了母牛样子的衣服，来到了公牛经常出没的草地与此牛交配；结果她不久便怀孕，并生下了一个长着一颗牛头和一条牛尾巴的怪物，这便是半人半牛的米诺陶洛斯。

在米诺陶洛斯婴儿时期帕西菲还曾抚养过它，但随着米诺陶洛斯的长大，他变得非常残忍凶暴，而且力大无穷，常常会吃掉仆人。

米诺斯对米诺陶洛斯的出生感到很沮丧，并且决定用他来镇压任何想要反抗自己的力量。

为此，米诺斯找到了工程建造天才代达洛斯设计了一座监狱，但是却没有牢房，只有一个几乎不可能找到出口的巨大迷宫，而米诺陶洛斯就在迷宫的深处等待着他的食物。这是一个恐怖的监狱，而对于米诺陶洛斯来说却是一个可以吃人的花园。

后来米诺陶洛斯因为凶残，被雅典王子杀死。

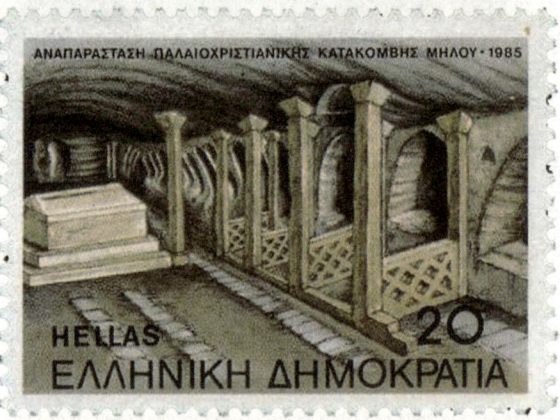

▲ [克里特岛迷宫邮票]

1900 年，英国考古学家阿瑟·埃文斯爵士来到克里特岛进行考古发掘，决心把这个神秘诱人的王国的存在与否弄个水落石出。经过几年的考古发掘和考古研究，他们在岛上发现了好几座古城的遗址，另外还有大批的文物。埃文斯爵士证明米诺斯王国确有其事。

爱琴海的由来

这则神话故事讲述的是做王之前的忒修斯，英勇地斩杀米诺陶洛斯的故事。

忒修斯是埃勾斯和埃特拉所生的私生子，从小被养在别处，一直到长大成人，才来到埃勾斯的身边。

埃特拉是特洛伊国王庇透斯的女儿，她的父系先祖是年迈的国王埃利希突尼奥斯以及传说中从地里长出来的雅典人；母亲的先祖是伯罗奔尼撒诸王中最强大的珀罗普斯。

▲ [米诺斯王宫遗迹]

希腊海洋神话传说

在远古的时代，有位国王叫米诺斯，他统治着爱琴海的一个岛屿克里特岛。米诺斯的儿子安德洛革俄斯因为在泛雅典娜节运动会上获胜，雅典国王埃勾斯嫉妒万分，就命安德洛革俄斯前去捕捉雅典附近地区的害兽野牛，结果安德洛革俄斯反被野牛杀死。

米诺斯欲为儿子复仇，遂向雅典开战。结果雅典人大败，被迫投降，并许诺每年向克里特进贡七对童男童女。

米诺斯在克里特岛建造了一座有无数宫殿的迷宫，迷宫中道路曲折纵横，谁进去都别想出来。在迷宫的纵深处，米诺斯养了一只人身牛头的牛头人米诺陶洛斯。雅典每次送来的童男童女都是供奉给米诺陶洛斯吃的。

雅典每年一次的进贡，让雅典的人民怨声载道，甚至有人认为是埃勾斯把自己的私生子忒修斯当作王位的继承人所带来的灾祸，而且质疑为什么国王的私生子不被送去进贡。

爱护儿子的埃勾斯当然不愿儿子冒险，但是勇敢的忒修斯却主动请缨，决心和童男童女一起去往克里特岛，并发

希腊海洋说话神传 | 75

[壁画：忒修斯与米诺陶洛斯搏斗]

埃勾斯海意为"爱琴海"。

誓要杀死米诺陶洛斯。

雅典民众在一片悲哀的哭泣声中，送别忒修斯在内的7对童男童女。忒修斯和父亲约定，如果杀死米诺陶洛斯，他在返航时就把船上的黑帆变成白帆。只要船上的黑帆变成白的，就证明埃勾斯国王能再见到自己的儿子忒修斯了。

忒修斯领着童男童女在克里特岛上岸了。他的英俊潇洒引起米诺斯国王的女儿、美丽聪明的阿里阿德里涅公主的注意。公主和他一见钟情并偷偷和他相会。当她知道忒修斯的使命后，就送给他一把魔剑和一个线球，以免忒修斯受到米诺陶洛斯的伤害。

聪明而勇敢的忒修斯一进入迷宫，就将线球的一端拴在迷宫的入口处，然后放开线团，沿着曲折复杂的通道，向迷宫深处走去。最后，他终于找到了怪物米诺陶洛斯。他抓住米诺陶洛斯的角，用阿里阿德里涅公主给的剑，奋力杀死了米诺陶洛斯。然后他带着童男童女，顺着线路走出了迷宫。为了预防米诺斯国王的追击，他们凿穿了海边所有克里特船的船底。阿里阿德里涅公主帮助了他们，并和他们一起逃出了克里特岛。忒修斯他们经过几天的航行，终于又看到雅典了。忒修斯和他的伙伴兴奋异常，又唱又跳，但他忘了和父亲的约定，没有把黑帆改成白帆。

此时，埃勾斯国王在海边等待儿子的归来，当他看到归来的船挂的仍是黑帆时，以为儿子已被米诺陶诺斯吃了，他悲痛欲绝，跳海自杀了。为了纪念埃勾斯国王，他跳入的那片海，从此就叫埃勾斯海。

> 所谓埃勾斯投海自尽的传说实际是因为古希腊人无法理解爱琴海的名称而创造出来的，因为"爱琴海"一名源自前希腊时代，无法用希腊语来解释。而"埃勾斯"本身可能是海神波塞冬的地方性别名之一（这解释了其子忒修斯的生父身份问题）。后来随着奥林波斯教的扩张，波塞冬作为全国性海神的地位得以确立，埃勾斯就成了一个独立的人物；但他与波塞冬的联系仍有证据残留：古典时代波塞冬的一个别名是"波塞冬·埃勾斯"。

非凡海洋大系 海洋神话传说集锦

76 | 希腊海洋神话传说

国王埃勾斯求子

一些神话说,雅典娜使埃特拉在梦游中前往斯淮里亚岛,结果海神波塞冬突然出现并占有了埃特拉。因此忒修斯也可能是波塞冬的儿子。

[忒修斯和埃勾斯]

德尔斐是一处重要的"泛希腊圣地",即所有古希腊城邦共同的圣地。这里主要供奉着"德尔斐的阿波罗",著名的德尔斐神谕就在这里颁布。

雅典国王埃勾斯由于得罪过女神阿芙罗狄忒,他的前后两任妻子都没能给他生下孩子。

埃勾斯担心王位没有继承人,就去神殿请示德尔斐神谕,得到的回答是"在到达雅典最高处之前,即使见到最好的人也不能解开酒囊的口,否则你将死于悲伤"。

埃勾斯不明白这个神谕是什么意思。一路上闷闷不乐,冥思苦想,一遍遍琢磨神谕,但是最终也不曾参透其中的奥妙。他想,还是回到雅典再说吧,路还很长,也许就想出来了,实在不行,就找智者帮助好啦。

他途经特洛伊,当地国王庇透斯知道埃勾斯获得神谕,就特别热情地招待了埃勾斯,特洛伊和雅典一直是面和心不和,在一番举杯后,埃勾斯说出了猜不透的神谕。聪明的特洛伊国王庇透斯读懂了那个谜语般的神谕,埃勾斯在返回雅典途中将会生一个伟大的儿子,但这个儿子将导致他的死亡。他就设法把埃勾斯灌醉,然后把埃勾斯介绍给自己的女儿埃特拉。

埃勾斯和其他君王一样,在女人的

希腊海洋神话传说

非凡海洋大系

海洋神话传说集锦

▲ [《众神天堂》和埃勾斯剧照]
根据希腊故事改编，描述一小群勇敢的男女将众神驱逐到一个虚幻的空间——他们称之为"阴曹地府"或者"冥界王国"。

问题上从来不客气。这样埃勾斯在特洛伊和埃特拉一起待了几天后回到雅典。他在海边跟埃特拉告别时，把一把宝剑和一双绊鞋放在海边的一块巨石下，说："如果神祇保佑我们，并赐给你一个儿子，那就请你悄悄地把他抚养长大，不要让任何人知道孩子的父亲是谁。等到孩子长大成人，身强力壮，能够搬动这块岩石的时候，你将他带到这里来。让他取出宝剑和绊鞋，叫他到雅典来找我！"

埃特拉怀孕生下了一个儿子，名叫忒修斯。

忒修斯长大后，埃特拉才让他取出可以向他父亲埃勾斯证明自己身份的宝剑和绊鞋，然后带上它们去雅典和埃勾斯团聚去了。

此后的故事就是前一篇讲到的，忒修斯杀了米诺陶洛斯后忘记了和父亲的约定，结果埃勾斯国王以为儿子被米诺陶洛斯所害，悲痛欲绝，跳海自杀了。

▲ [邮票：忒修斯与米诺陶洛斯搏斗]

78　希腊海洋神话传说

"蚂蚁人"的由来

在神话故事中"蚂蚁人"的出现有点荒诞，但正是有了这些离奇的故事才使得历史中的很多大人物多了些神秘感。

关于"蚂蚁人"的由来有这样一个传说。

相传，宙斯垂涎于河神阿索波斯的女儿埃癸娜的美色，一天夜里化作老鹰，闯入她的闺房把她掳走，这个鲁莽的行为惊动了埃癸娜的父亲阿索波斯，他马上起身追赶自己的女儿。被河神穷追不舍的宙斯不想被他就此坏了好事，于是朝河神劈了一道闪电，逼迫河神退回自己的水域。河神发现闪电，就明白了掳走他女儿的正是天神宙斯，他无比痛心，不敢再追赶。

希腊海洋神话传说

◀ [宙斯变成老鹰掳走少年]
宙斯经常变成老鹰掳走少年男女。

非凡海洋大系

海洋神话传说集锦

宙斯将埃癸娜带到了厄诺庇亚岛（该岛因此改名为埃癸娜岛），在那里与她生下了埃阿科斯。埃阿科斯长大后，宙斯的妻子赫拉因嫉妒他母亲与宙斯的关系，降下瘟疫将埃癸娜岛上的居民全部杀死。

埃阿科斯觉得岛上太荒凉了，就恳求父亲宙斯把蚂蚁变成人。宙斯应允了这一要求，从此岛上便又有了居民，即密耳弥多涅人，也叫做"蚂蚁人"。还有一种说法认为埃癸娜岛上本来就没有人，密耳弥多涅人是宙斯用泥土捏成的。

在后来的特洛伊战争中，密耳弥多涅人（"蚂蚁人"）在希腊大将阿喀琉斯的率领下远征特洛伊。在战场上，密耳弥多涅人以服从、勇猛而闻名。

> 埃阿科斯是珀琉斯和忒拉蒙的父亲。在特洛伊战争中，希腊联军一方有两位著名英雄阿喀琉斯和大埃阿斯，埃阿科斯即为他们的祖父。

> 埃阿科斯以公正和虔诚闻名。在他死后，众神因为他为人公正，将他提升为下界神祇。埃阿科斯于是成了冥界的三判官之一（另两人是米诺斯和拉达曼堤斯）。

> 在西方文化里，密耳弥多涅人被用来指那些"盲目执行主子命令的人；忠实的仆人"。从18世纪开始，"法律的密耳弥多涅"就表示"盲目、无情地执行命令的警察等执法人员，法律的奴仆"。

▲ [埃癸娜岛上的阿菲娅神庙]

这座神庙与帕特农神庙以及苏尼奥的波塞冬神庙构成了一个等边三角形，那便是古代的"神圣三角"。这座神庙最令人印象深刻的部分是它精美的额雕刻装饰，其中的绝大部分都在慕尼黑古代雕塑展览馆中展出。

▲ [阿菲娅神庙里的战士雕像]

▲ [奥德修斯把自己绑在桅杆上 - 油画]

诱惑的歌声

这是一篇关于女妖塞壬的传说，英雄奥德修斯把自己绑在桅杆上，逃过了女妖的诱惑。

希腊神话中的塞壬就是海妖，因为塞壬除了美貌，还带有许多邪气。

相传在墨西拿海峡附近住着一个半人半鸟甚至跟美人鱼相类似的怪物，被称为海妖塞壬。他经常飞降到海中礁石或船舶之上。

奥德修斯是希腊神话传说中的人物。罗马神话传说中称之为尤利西斯或尤利克塞斯。是希腊西部伊塔卡岛之王，曾参加特洛伊战争。出征前参加希腊使团去见特洛伊国王普里阿摩斯，以求和平解决因帕里斯劫夺海伦而引起的争端，但未获结果。

塞壬源自古老的希腊神话，在神话中她被塑造成一名人面鸟身的海妖，飞翔在海上，拥有天籁般的歌喉，常用歌声诱惑过路的航海者触礁沉没，船员则成为她的腹中餐。

塞壬因与缪斯比赛音乐落败而被缪斯拔去双翅，使之无法飞翔。失去翅膀后的塞壬，常常会变幻为美人鱼，用自己的歌喉使得过往的水手倾听失神，航船触礁沉没。在墨西拿海峡还居住着另外两个海妖斯基拉和卡吕布狄斯，总称塞壬三姐妹。

相传《奥德赛》中的英雄奥德修斯率领船队经过墨西拿海峡前，事先得到女神喀耳斯的忠告，塞壬那令凡人无法抗拒的致命歌声，会使人迷失本性。

奥德修斯为了对付塞壬姐妹，他采取了谨慎的防备措施。奥德修斯觉得自己毅力坚强，很想听听传说中使人迷失的歌声，便令人提前把他绑在桅杆上，

希腊海洋说话神传 | 81

非凡海洋大系

海洋神话传说集锦

并吩咐手下的水手们用蜡把耳朵塞住。他还告诫他们通过死亡岛时不要理会他的任何命令和手势。

不久他们来到了墨西拿海峡。被绑着的奥德修斯听到了迷人的歌声。歌声令他沉迷，他挣扎着要解除束缚，并向随从叫喊着要他们驶向正在繁花茂盛的草地上唱歌的海妖姐妹，但水手们没人能听见他的指挥，也没人理他，驾驶船只一直向前，直到再也听不到歌声。水手们才取出他们耳朵中的蜡，并给奥德修斯松了绑。

▲ [塞壬装饰画]

据说，在海洋中航行的时候，有时会听到一种声音让人不能控制自己。在这种情况下，老水手都知道用东西把耳朵堵起来就不会受到干扰。用现在的科学解释，那可能是海洋次声波在作怪，和塞壬没有关系。

古人对海洋的不了解，所以很多奇怪的无法解释的现象就会创造出塞壬歌声这样的神话来。

▲ [盘子上的塞壬]  ▲ [金币上的塞壬]

珀尔修斯传奇

珀尔修斯是宙斯的儿子，是希腊神话中的英雄，因为德尔斐神谕，其母子被外公阿克里西俄斯装入箱子投入大海。

德尔斐神谕说："阿克里西俄斯女儿的一个儿子将对他不利"，因此亚各斯国王阿克里西俄斯将女儿达那厄与她的保姆一起关在宫殿下面的一个地窖里（一说关在一个铜塔内），不让达那厄和外界接触。宙斯看到了达那厄后趁她睡觉的时候化作一阵金雨与达那厄交配并生育了珀尔修斯。

阿克里西俄斯就将珀尔修斯和他的母亲达那厄装在一只箱子里，投入大海。

希腊海洋神话传说

▲ [名画：《珀尔修斯与达那厄》]

非凡海洋大系

海洋神话传说集锦

▲ [电影剧照：珀尔修斯斩下了美杜莎的头]

　　宙斯保佑着在大海中漂流的母子，引导这只箱子穿过风浪，漂到塞里福斯岛，后被岛上的国王波吕得克忒斯拉上海岸。他对遭遗弃的达那厄母子十分同情，便收留了他们。

　　珀尔修斯在海岛上渐渐长大，岛上的国王波吕得克忒斯欲娶达那厄为妻，但是达那厄一直因为照顾抚育珀尔修斯无心婚嫁。

　　为了让达那厄嫁给自己，波吕得克忒斯决定谋害达那厄的儿子。他劝珀尔修斯外出去冒险，并让他去取美杜莎的头。

> 美杜莎是希腊神话中的一个女妖，戈耳工三女妖之一，美杜莎的头发由无数条小蛇组成，眼睛会发出骇人的光芒，可以把人石化。腿部是响尾蛇的身体，摇动尾巴能发出恐怖的声音。

　　根据神的指示，珀尔修斯在雅典娜那里借到了盾牌，赫尔墨斯借给他飞行鞋，哈迪斯借给他隐身头盔。

　　雅典娜要珀尔修斯去找格赖塔三姐妹，她们和美杜莎是姐妹，知道美杜莎的下落。

　　珀尔修斯带着盾牌、飞行鞋和隐身头盔就上路了。珀尔修斯找到了格赖塔三姐妹，她们生下来就是满头白发，三个人只有一只眼睛，一颗牙齿，彼此轮流使用。珀尔修斯夺走了她们的牙齿和眼睛，迫使她们说出去美杜莎住地的路线。

珀尔修斯依照格赖塔三姐妹的指引，找到了美杜莎，美杜莎正在熟睡。她的头上布满了鳞甲，没有头发，头上盘着一条条毒蛇。她长着公猪的獠牙，有双铁手，还有金翅膀。

由于接触美杜莎目光的人都会变成石头，珀尔修斯遵照雅典娜的教导，从盾牌上的映像观察美杜莎，砍下她的头，装进革囊。

珀尔修斯回到塞里福斯岛，恰遇母亲达那厄遭受国王波吕得克忒斯的迫害，于是向波吕得克忒斯出示美杜莎的头，波吕得克忒斯颇为惊讶，而且因为和美杜莎头上的眼睛对视了一下，就变成了石头。

此后，珀尔修斯把美杜莎的头送给雅典娜，然后去阿尔戈斯寻找外祖父阿克里西俄斯。他在郊外看到了一场比武，十分高兴，便抓过一块铁饼扔出去，不幸正好打中了阿克里西俄斯。阿克里西俄斯最终还是没能逃脱德尔斐神谕的预言。

> 1985年在苏联圣彼得堡的艾尔米塔什博物馆，伦勃朗的名作《达那厄》遭一个立陶宛青年用匕首捅了两刀，还被泼了硫酸，《达那厄》受到毁灭性损坏，修复后已失去了原有的神韵。后来被解释为年轻男子深深陷入《达那厄》带给感官的压迫性美感中，最终发狂酿成惨案。

▶ [珀尔修斯与美杜莎]

海豚座的来历

非凡海洋大系　海洋神话传说集锦

　　这是一个流传在地中海上的故事，讲述的是一只海豚因为救了乐师亚里翁，而成为了天上的星座的故事。

　　古时候，地中海一带的人们非常喜爱音乐，他们常常举行各类音乐比赛。

　　有一位非凡的乐师名叫亚里翁，他住在爱琴海海滨名城哥林多。

　　亚里翁虽然已经名满全城，但还是希望能让全世界人民都能聆听他的旋律。于是决定去参加地中海西西里岛的音乐比赛。

　　临行时，当地国王来为亚里翁送行，因为国王是亚里翁的朋友。亚里翁此去会途经妖魔鬼怪和海盗出没的海域，国王很为他担心。可亚里翁心意已决。

　　所幸一路平安，亚里翁按期赶到了西西里岛。他的音乐才华征服了整个赛会，他赢得了音乐比赛并获得不少财富。整个地中海，甚至全世界都在回荡着他的音乐旋律。

　　亚里翁扬帆载誉而归了。海面上风平浪静，然而船上的几个水手却猛地扑了上来。"亚里翁，我们佩服你的音乐才华，可我们更想得到你的那些金银财宝。你自己跳到海里去吧，免得我们费手脚！"听了水手们的话，亚里翁显得很平静，"让我再最后拥抱一下我的琴，奏一首曲子吧"！悲凉之情充塞了他的内心，琴音响处，海浪滔滔，风云变色。

▲ [海豚座]

　　另一个传说：海神波塞冬欲娶海仙女安菲特里忒为妻。为保贞洁，安菲特里忒逃至阿特拉斯山脉。于是，波塞冬便派人寻找她的下落，其中一只海豚偶然发现安菲特里忒，并说服她接受波塞冬的求婚。波塞冬为答谢海豚的功劳，就让海豚成了天上的海豚座。

　　弹完最后一个音符，亚里翁抱起琴，轻蔑地看了一眼这几个家伙，纵身跳入大海。等他醒来时，发觉身下有只海豚正托着自己向岸边游去。亚里翁得救了，他带着荣誉回到了哥林多。

　　海豚救人的义举传到了天上，宙斯很是感动。他把这只仗义的海豚提拔到天界，这就是海豚座。

美杜莎的一个传说

关于美杜莎如何变成女妖的版本有很多，本篇讲述的是美丽的美杜莎因为和波塞冬在雅典娜的神殿偷情，被愤怒的雅典娜变成了女妖的故事。

传说美杜莎本来是个美丽的少女，她还有两个有着神仙血统的姊妹，她是三位蛇发女妖中唯一的凡身，传说中她有双宝石蓝般的眼睛，像大海一样，有着致命诱惑的眼神。

海神波塞冬受到诱惑，化身成骏马欲与她偷情。

他们为了逃避海神之后的嫉妒，而

▲ ［海神波塞冬］

希腊海洋神话传说

非凡海洋大系　海洋神话传说集锦

躲在雅典娜的神殿中交合，此举触怒了雅典娜。在此前，波塞冬曾对美杜莎说雅典娜用不正当手段夺取雅典，美杜莎把此事到处宣扬，雅典娜无法忍受美杜莎对她的蔑视。这次正好可以名正言顺地惩治美杜莎。

雅典娜将美杜莎三姊妹都变为妖怪。她的两位姊妹全身长满金色的鳞片，背上长着鹰的翅膀，美杜莎的背上则长着天鹅的翅膀。她的头发开始变长，长出利齿，形成了蛇头。但这仍然难以掩盖她的美丽，只要看过她眼睛的人，都会被她的美丽和魔力吸引而失去灵魂变成一尊石像。

后来，珀尔修斯砍掉了美杜莎的头，美杜莎成为唯一一个真正死去的女妖。

▲ [电影特写——被斩下的美杜莎的头]

另一个传说，美杜莎是一位很艳丽的美女，由于过度自大和自信就站在了雅典娜的面前高声大喊自己比神都美丽，于是就被变成了蛇发女妖。她长有满头的蛇发，及一对野猪的獠牙，就连脖子上都长满了蛇的鳞片，甚至下身也变成了蛇的样子，雅典娜还赐予了她一对任何人与之对视都会立即变成石头的双眼。

▲ [游戏《英雄无敌3》中的美杜莎]

88　希腊海洋神话传说

雅典娜与帕拉斯

　　雅典城的守卫神雅典娜出生时就与海神之女帕拉斯共同成长，但她也因为一个偶然的情况误杀了帕拉斯，造成了雅典娜的遗憾。

　　传说女神雅典娜一生下来就由海神特里同养育，特里同有一个名叫帕拉斯的女儿，和雅典娜同年，是她亲密的伙伴。

　　有一天，这两个少女玩起了战争游戏，在帕拉斯把矛尖刺向雅典娜时，为女儿性命担心的宙斯急忙用山羊皮制成的神盾挡住了。帕拉斯见状为之一惊，她畏惧地仰望上天，而就在这瞬间她受到雅典娜的致命一击。

　　雅典娜对误杀好友感到极度的悲伤，为了永远的怀念，她为帕拉斯造了一幅逼真的肖像，给她用上一副用同样的羊皮制成的胸甲，像盾牌一样，它就叫做神盾。雅典娜把这幅像放在宙斯神柱旁边，表示崇高的敬意。她本人此后就称自己为帕拉斯—雅典娜。

　　宙斯取得雅典娜的同意，把这幅神像从天上掷落到伊利昂城堡境内，表明这座城堡和这座城市会得到他和他女儿的庇护。

▲ [钱币上的雅典娜]

▲ [钱币上的雅典娜代表的猫头鹰形象]

> 雅典娜是宙斯和智慧女神墨提斯的女儿，根据盖亚和乌拉诺斯预言，墨提斯会生一个推翻宙斯的儿子（波洛斯），宙斯惧怕预言成真，遂将墨提斯整个吞入腹中。此后宙斯严重头痛，阿波罗对他医治无效，宙斯只好要求火神赫淮斯托斯打开他的头颅。火神照做后，令诸神惊讶的是：一位体态婀娜、披坚执锐的美丽女神从裂开的头颅中跳了出来，光彩照人，仪态万方，她就是雅典娜。

希腊海洋神话传说

劫掠欧罗巴

宙斯化身公牛，用计谋得到了美丽的欧罗巴公主，从此，他们生活的新大陆因公主的到来而称为欧罗巴，就是现如今的欧洲大陆，根据神话，欧罗巴是欧洲最初的人类，也就是说欧洲人都是她的孩子。

在富饶的腓尼基，国王阿革诺耳有个漂亮的女儿名叫欧罗巴，据说这位公主的美无法用人间的文字表达，有羞花闭月、沉鱼落雁之容貌，是位不可多得的美人，她的美貌被传扬得世人皆知，甚至连天上的宙斯都知道了。

奇怪的梦

这天，欧罗巴做了一个奇怪的梦，梦见两个女人在为争夺自己进行着激烈的争斗。一个是由亚细亚大陆化身的当地土著女人，对欧罗巴非常温柔，但又不失热情地劝说她跟自己走。

▲ [欧罗巴和公牛——油画]

欧洲描绘欧罗巴和公牛的油画很多，画家们着意描绘欧罗巴被劫持时的紧张，画中欧罗巴一手抓牛角，衣服的自然敞露，小天使面露喜色，公牛的得意，被画家描绘得非常传神。

古代腓尼基大约相当于今黎巴嫩地域，"腓尼基"一词原意为紫红色，源于此地出产的一种紫红色颜料。腓尼基的地域北起苏克苏、南至阿克、东起黎巴嫩山、西至地中海，最初的腓尼基人为胡里特人，约公元前3000年起，迦南人迁入，同化了当地的原有居民。

古代的腓尼基并非指的一个国家，而是整个地区。腓尼基从未形成过统一国家，城邦林立，以推罗、西顿、乌加里特等为代表。根据考古资料，公元前5000年，腓尼基就有人居住，这些国家大多都建立在海边礁石上，易守难攻。

▲ [欧罗巴和公牛——硬币]

另一个是由亚细亚大陆隔海相望的大陆变成的女人，一副悍妇模样，并对欧罗巴吼道："我是宙斯的使者，而你是宙斯命定的情人，你得跟我走。"

听到这里，欧罗巴被惊醒了，这个梦让欧罗巴担心了好久。随着时间推移，她才渐渐忘了这个可怕的梦。

用计诱惑欧罗巴

这一天，欧罗巴在姑娘们的簇拥下，在草地上玩耍嬉戏。

至高无上的宙斯拨开云幕，正好看到人间美丽的欧罗巴在戏耍，有意染指。

因为宙斯在天上早就知道欧罗巴的美貌，并早早就喜欢上她了。一直碍于夫人赫拉女神的威慑，又怕有损自己天神的形象才没有动手。于是他便想出了一个计策。

首先，宙斯命令儿子赫耳墨斯去把腓尼基国王的牛群，从山坡上赶到海边，速度越快越好。

然后，宙斯变为一头强壮的公牛。

▲ [劫掠欧罗巴]

希腊海洋神话传说

希腊海洋说话神传 | 91

非凡海洋大系

海洋神话传说集锦

话说，欧罗巴跟随姑娘们一起在草地上摘花嬉戏，一群被驱赶的牛四散狂奔，惊扰了姑娘们，也践踏了草地，姑娘们惊魂未定时，发现一头强壮的公牛慢慢来到姑娘们玩耍的草地上。

这令欧罗巴和姑娘们也兴致勃勃地走近公牛，看着它，还伸出手抚摸它油光闪闪的牛背。公牛似乎很通人性，它越来越靠近姑娘，最后它依偎在欧罗巴的身旁。公牛表现出对欧罗巴的驯服，欧罗巴把手里的花束送到公牛的嘴边。公牛撒娇地舔着鲜花和欧罗巴的手。欧罗巴温柔地抚摸着牛身，她越来越喜欢这头漂亮的公牛，最后壮着胆子在牛的前额上轻轻地吻了一下。

随后，公牛俯下身子示意欧罗巴可以骑在牛背上，欧罗巴轻轻地爬上了公牛的背，于是公牛驮着心爱的欧罗巴，走出草地，走过沙滩，欧罗巴趴在公牛背上感觉无比的温暖，就这样越走越远，公牛一跃跳进了大海，此时欧罗巴才被惊醒，大声呼救，可无济于事。

第二天，公牛驮着欧罗巴来到了一块陆地，爬上岸，欧罗巴从公牛的背上滑下来。忽然间公牛消失了，一位美如天神的美男子出现在欧罗巴眼前。而欧罗巴在美男子的甜言蜜语下，成为了他的妻子，而这位美男子就是宙斯。他们所停留的这块大陆也因欧罗巴公主而得名，后来人们逐渐称它为"欧洲大陆"。而宙斯化身的神牛也被他升上了天空，成了现在的金牛座。

▲ [欧罗巴与公牛——陶器描绘]

欧罗巴跟宙斯生了三个强大而睿智的儿子，他们是米诺斯、拉达曼迪斯和萨尔珀冬。米诺斯和拉达曼迪斯后来成为冥界判官。萨尔珀冬是一位大英雄，当了小亚细亚吕喀亚王国的国王。

92 | 希腊海洋神话传说

鱼孩儿尼科罗

> 这个故事发生在墨西拿海峡周边，故事讲述了一位精通水性的鱼孩儿尼科罗为了证明自己没有说谎，跳入了大海后再也没有回来的故事。

希腊海洋神话传说

▲ [美丽的那不勒斯湾]

那不勒斯始建于公元前6世纪，曾是罗马皇帝的避暑胜地。现在已发展成为意大利的主要炼油中心之一，也是意大利钢铁工业中心之一。

从前，在那不勒斯港湾有座美丽的宫殿，但今天只剩下一些断垣残壁。在其中一处遗址上，人们可以看到一个青年人的塑像。他神采奕奕，手里拿着一把刀，用炯炯有神的目光凝视着大海。人们都亲昵地称他鱼孩儿尼科罗。

尼科罗是一个家境贫寒的孩子，经常跟着父亲一起出海。尼科罗热爱大海，常年喜欢待在水里，他游得像鱼一样，肌肉也变得异常柔软，在海底遨游时，好像根本不需要呼吸。有一次他在离海岸很远的深海中同凶残的大鱼相遇，被大鱼吞食，尼科罗毫不害怕，他拔出随身带着的尖刀破开鱼的肚皮，重新投入大海的怀抱。尼科罗就这样在那不勒斯波光粼粼的海浪中自由来去，无拘无束。这件事后，整个那不勒斯都在谈论尼科罗越来越像鱼，而不像人。这些流言蜚

希腊海洋说话神传 | 93

非凡海洋大系

海洋神话传说集锦

▲ [墨西拿港口一角]

语传到了国王的耳朵里，引起了他极大的好奇心。其实国王很久以来，不仅想统治大陆，还对未知的大海非常的好奇，于是他下令召见这个不可思议的男孩子。

尼科罗来到王宫，向国王介绍了海里各种各样奇形怪状的鱼，讲他进出鱼肚子的故事，还谈到了海底岩洞和很多陆地无法看见的事物。

国王聚精会神地听着，眼里闪着贪婪之光。尼科罗讲完故事后，国王就迫不及待地问他："请你告诉我，我的孩子，为什么西西里岛那样大，好像对大海极端藐视？大海为什么不将西西里岛整个淹没，这到底是怎么回事？"

"陛下，我还从没有游过那么远，不过，我的确想去看看西西里岛。如果您要我去那里，我会绕它游上一圈的。等我从那里回来后，我将把我所发现的一切告诉你。"

说完这番话，尼科罗就离开了王宫。

他跳进波涛滚滚的大海，朝着西西里岛的方向游去。日子过了一天又一天，后来他终于露面了。

"陛下，我回来啦。西西里岛是由三根巨大的柱子支撑着的，它们矗立在一块坚硬的岩石上。其中两根柱子安然无恙，第三根柱子已被海水侵蚀，要不了多久就会崩裂的。"

这一回答使国王不胜惊异，不过也有点怀疑。他沉默了片刻，然后向小男孩提出了一个问题："尼科罗，我很想知道更深的海底能找到些什么？"

尼科罗没有回答，他低下了头，国王继续说："我叫人朝大海最深处发射一颗炮弹，你朝着炮弹的方向，潜到水下寻找，把沉下去的炮弹带回来，并且给我讲述你在海底所看到的一切，这样才能证实你说的不是谎话。"

尼科罗听完后，为了证明之前没有说谎，便坚定地对国王说："虽然从来没有一个人到那么深的海底里去还能活着回来，但是，我还是服从您的命令。"

于是，国王叫人将他最大的一门大炮拖到墨西拿海峡，炮手们对准远海打了几发炮弹。尼科罗以最快的速度潜入海中寻找炮弹。他跟着炮弹沉入了海底，扬起了一大团细沙。

从此以后尼科罗再也没有露出海面。明月当空的夜晚，他会和鱼群一起跃出海面，对着月亮和星星，唱起一曲曲催人泪下的悲歌。海员和渔民们还讲，当海上天气恶劣时，尼科罗就出现在船头以阻止风暴对海船进行袭击，帮助海员和渔民们安全靠岸。

那不勒斯全城人民都喜爱尼科罗，尽管他最终选择了大海。这个鱼孩子永远是属于他们的，他们敬佩他的勇气和力量。

希腊海洋神话传说

◀ [墨西拿港城地震之后]
墨西拿港城曾三次毁于地震，分别发生于1783年、1908年和1963年。1908年12月28日发生的地震达到7.5级，引发海啸，狂涛冲击海峡两岸，城市陷于浓烟骇浪中，死亡8.5万人（包括墨西拿以外地区），其中大部分人死于海啸。

驴耳朵国王弥达斯

非凡海洋大系　海洋神话传说集锦

这个发生在海岛小国王弥达斯身上的故事有很多版本，大部分都是为了讽刺外行的评判，或者说不保守秘密的人。

传说在一个海岛上有个国王叫弥达斯，他和山林之神潘成了好朋友。他特别喜欢听潘演奏的笛声，认为那是世上最美妙的音乐，甚至连太阳神阿波罗的七弦琴也比不上。

潘在弥达斯的奉承下飘飘然，决定向阿波罗挑战，和他一比高低，阿波罗欣然接受了潘的挑战。弥达斯成为了这场比赛的仲裁人。

在双方的演奏结束后，弥达斯判定山林之神潘为获胜者，阿波罗无法容忍弥达斯拙劣的音乐欣赏能力，于是将他的耳朵变成了驴的耳朵。

弥达斯对自己的不幸感到十分羞愧，为了掩藏这种羞耻，弥达斯用一条红色的头巾把头连同驴耳朵缠起来。国民们不知真相，出于好奇，也都仿效国王，缠起头巾来。这使弥达斯感到稍许的安慰，这样他的不幸就不会为人所知了。

弥达斯的理发师知道了这个秘密，不过弥达斯命令他不得说出去。这个理发师是个非常爱说闲话的人，他心痒难耐，就悄悄来到城郊一个偏僻地方，挖了一个深坑，然后对着洞口说："弥达

▲ [弥达斯和女儿]

传说中弥达斯有"点金术"，凡是他碰过的东西都会变成金的。上图中描绘的就是他触碰了女儿，女儿变成了一尊金雕像。

弥达斯是佛律癸亚国王戈耳狄俄斯和女神库柏勒的儿子（一说他是戈耳狄俄斯与库柏勒收养的孩子）。传说，当弥达斯还是个婴儿的时候，蚂蚁向他嘴里搬运食物，这就预示了他将来必然成为巨富。

斯王有一对驴耳朵！"说完之后，他感到轻松了，然后用土把坑填平就回家去了。孰料此后，这洞上长出一丛芦苇，风一吹就发出"弥达斯王有一对驴耳朵"的声音，结果把弥达斯的秘密泄露给了所有人。

从这个故事衍生出了一些文学上常用的典故，如"弥达斯的评判"（外行的评判）、"弥达斯的耳朵"（掩饰不了的不学无术）、"弥达斯的理发师"（多嘴或不善保密的人）……

金羊毛的来由

在希腊神话故事中金羊毛被看作稀世珍宝，许多英雄和君王都想得到它。因为金羊毛不仅象征着财富，还象征着冒险、不屈不挠的意志、理想和对幸福的追求。

佛里克索斯是玻俄提亚国王阿塔玛斯和涅斐勒的儿子。阿塔玛斯后来迷恋上伊诺并与她结婚，而伊诺因嫉妒涅斐勒的子女而虐待他们，并说服阿塔玛斯把佛里克索斯祭献给宙斯以解决当时的旱灾。

佛里克索斯的生母涅斐勒为了搭救儿子，在女儿赫勒的帮助下，把儿子从宫中悄悄地抱了出来。

涅斐勒是一位云神，她让儿子和女儿骑在有双翼的公羊背上。这头公羊的毛是纯金的。那是她从众神的使者、亡灵接引神赫耳墨斯那里得到的礼物。

姐弟俩骑着这头神奇的公羊凌空飞翔，飞过了陆地和海洋。途中，姐姐赫勒一阵头晕，从公羊背上坠落下去，掉在海里淹死了。那海从此就称为赫勒海，又称赫勒斯蓬托。

佛里克索斯则平安地到达黑海沿岸的科尔喀斯，受到国王埃厄忒斯的热情接待，埃厄忒斯还把女儿卡尔契俄柏许配给他。

佛里克索斯宰杀金羊献祭给宙斯，

▶ [佛里克索斯与赫勒坐在金羊上]
公元2世纪罗马银镜上的佛里克索斯与赫勒，赫勒正从双翼金羊上落下。

希腊海洋神话传说

感谢他保佑自己逃脱。宙斯接受他的祭品，但是却不享用，他把这宝贵的祭品高高地放在天上列星之间，这就是白羊座。那公羊毛是纯金的，极为贵重。佛里克索斯为了感谢国王埃厄忒斯对他的盛情，便将金羊毛送给了他。

埃厄忒斯又将它转献给战神阿瑞斯，他吩咐人把它钉在纪念阿瑞斯的圣林里，并派一条火龙看守着，因为神谕告诉他，他的生命跟金羊毛紧紧地联系在一起，金羊毛存则他存，金羊毛亡则他亡。

> 白羊座在隋代的《大方等日藏经》中被称为特羊，也就是公羊，这应该是最贴切的翻译，因为在献祭中，所用的都是公羊，而在随后的《宿曜经》《七曜禳灾决》和《大圣妙吉祥》中，都是简单地被翻译为羊，10世纪初的《支轮经》中更是翻译为天羊，而就在同时代的《玉函经》中，才被翻译为白羊，并且延续至今。

后来，伊俄尔科斯城王子伊阿宋为夺回王位，在科尔喀斯国王的女儿美狄亚的帮助下，从恶龙口中夺得了金羊毛，至今西方文化中，"金羊毛"仍代表着极其珍贵的宝物或财富。

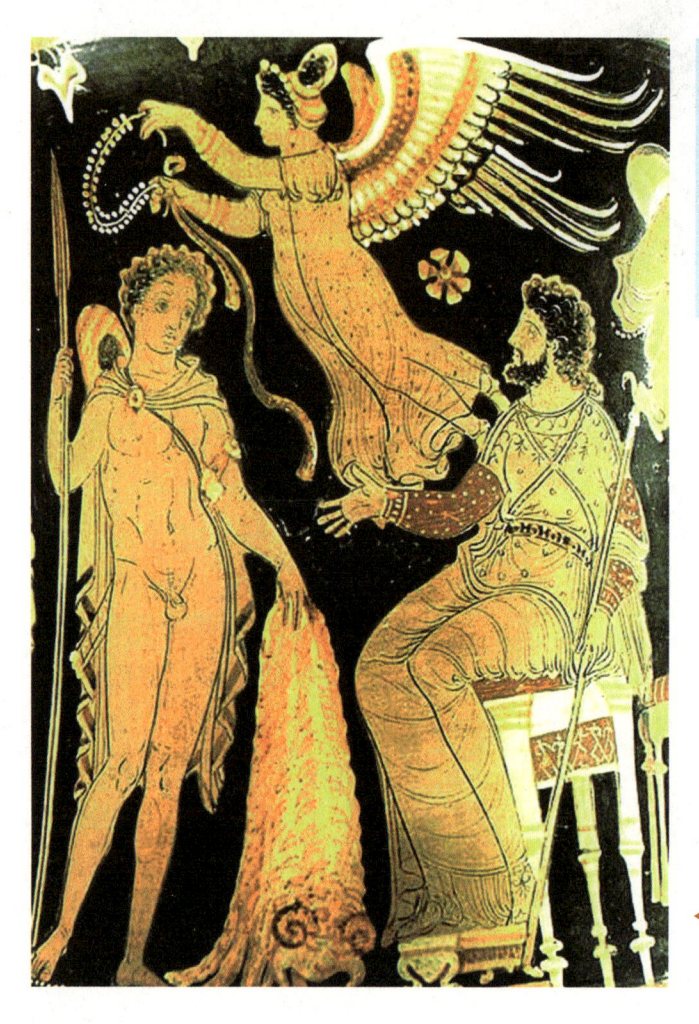

> 阿瑞斯的形象源于色雷斯人，据奥林匹斯神话，阿瑞斯是宙斯和赫拉的儿子。在奥林匹斯诸神中，战神阿瑞斯是最招人憎恨的，他被形容为"嗜血成性的杀人魔王以及有防卫的城堡的征服者"。

◀ [佛里克索斯将金羊毛送给了国王]

非凡海洋大系 海洋神话传说集锦

寻找金羊毛

在离希腊很远的黑海岸，有一个无价之宝——金羊毛，许多英雄和王子为得到它，踏上危险的航程，但他们都没有得到这个宝物，许多人甚至连金羊毛都没有看到就死在半路上了。最后还是伊阿宋率领"阿尔戈"号的英雄们，克服重重危险、漂洋过海取回了金羊毛。

传说在离希腊很远的黑海岸，有个地方叫科尔喀斯（今高加索地区），那里有一件稀世之宝——金羊毛。多少英雄豪杰为了得到它而踏上了艰险的路程，但他们没有一个能成功，很多人甚至连宝物的影子都没看到，就倒在漫长的征途中了。

伊阿宋是伊俄尔科斯城的王子，其父亲被叔父珀利阿斯篡夺了王位。珀利阿斯一直担心伊阿宋要夺回王位，就想了一个毒计，想要除掉伊阿宋。

"孩子，你知道金羊毛的故事吗？多少自称英雄的人为了它死于非命，没有一个能得手。看来，这世界上真是没有英雄了！不过，孩子，如果你能把金羊毛取回来，那我甘心为此献出神圣的王位。"

伊阿宋明知道叔父珀利阿斯歹毒的用意，但是为了能夺回王位，他毅然决定去寻找金羊毛。

▲ [《"阿尔戈"号》]
16 世纪末至 17 世纪初，意大利文艺复兴早期画家 Ercole de' Roberti 所绘。

美狄亚为了帮伊阿宋寻找金羊毛，出了很多力，甚至不惜把自己的弟弟推到海里，可是却没有换来"幸福生活"的结局，伊阿宋居然又喜欢上了另一个公主，伤心的美狄亚杀了情敌和自己的孩子。

希腊海洋说话神传 | 99

非凡海洋大系 海洋神话传说集锦

> 伊阿宋虽然取走了金羊毛但并未能回国夺回皇位，甚至还被赶出了祖国，流落他乡，最后死在"阿尔戈"号船舱之下。

听闻伊阿宋准备远航，希腊各地的英雄纷纷赶来，其中有俄耳浦斯、赫拉克勒斯、玻瑞阿斯兄弟等50人。他们得到雅典娜的佑护和造船能手阿尔戈斯的指导，驾着"阿尔戈"号船起程远航，阿尔戈意思即为"轻快的船"。这是希腊人行驶在大海上的第一艘大船。制造船头的木料是雅典娜女神送的，那是取自多多那的神异的橡树。

"阿尔戈"号船途经黑海前，伊阿宋他们解救了被美人鸟折磨得双眼失明的当地国王。

获救后的老国王告诉英雄们去科尔喀斯的道路和穿越险恶"撞岩"的方法。伊阿宋遵照他的指点，先放出一只鸽子，鸽子在岩石中间被挤得稀烂，但"阿尔戈"号船却趁岩石碰撞后分开的刹那间，穿了过去，进入黑海。从那时起，两块岩石就固定下来，再也合不到一起。

一路上的磨难实在是难以尽述，他们如同《西游记》中的唐僧取经一样，历尽了千难万险。"阿尔戈"号船的英雄

▲ [乔瓦尼·巴蒂斯塔·克罗萨托《伊阿宋与美狄亚》]

▲ [美狄亚手捧金羊毛的雕塑]

格鲁吉亚的城市巴图米的城市广场上矗立着一座美狄亚手捧金羊毛的雕塑,羊的金色在蔚蓝的天空下熠熠发光,有些刺眼。格鲁吉亚就是古希腊神话中的"金羊毛之国"和普罗米修斯的受难地。

▲ [杰森和金羊毛]

1608年由比利时画家所画。

们终于抵达科尔喀斯。伊阿宋向科尔喀斯国王埃厄忒斯索取金羊毛。埃厄忒斯假装应允,但提出条件:伊阿宋必须驯服两头喷火的铜蹄神牛,去耕种战神阿瑞斯的圣田,并将神牛的牙齿播入田中。

遇到这样的难题,众英雄们正在不知如何是好时,出现了一件意外的事:埃厄忒斯的小女儿美狄亚是个女巫,懂得很多魔法,是专管巫术的女神赫卡忒神庙的女祭司。爱神阿芙洛狄忒使美狄亚爱上了伊阿宋,她帮助伊阿宋战胜铜蹄神牛,把神牛的牙齿播入阿瑞斯的圣田,神牛的牙齿变成一个个战士扑来。伊阿宋把巨石投到战士群中,让他们自相残杀,最后制服了他们。

但埃厄忒斯仍然拒绝交出金羊毛。伊阿宋和美狄亚就施展魔法让看守宝物的巨龙入睡,拿走金羊毛,胜利地返航。

希腊海洋说话神传 | 101

刺瞎独眼巨人与波塞冬结仇

非凡海洋大系　海洋神话传说集锦

这是《奥德赛》中的另外一则神话故事，内容讲述了奥德修斯为了逃脱独眼巨人的囚禁，用尖木棍刺瞎了独眼巨人波吕斐摩斯，因此和海神波塞冬结仇，使以后的海上航行增加了难度。

奥德修斯率自己的船队离开特洛伊后，先到了喀孔涅斯人的岛国，遭到当地人的袭击。又漂流到另一个海岸，一些船员吃了"忘忧果"之后，便流连忘返，不想再回家了。

于是奥德修斯便把这些船员绑在船上继续前进，不久到了一个海岛，他们正准备休息，被岛上住着的波塞冬的儿子独眼巨人波吕斐摩斯发现，他将奥德修斯他们和羊群一起囚在一个山洞里。波吕斐摩斯每天都会把手伸进山洞，摸索着抓一头羊或者奥德修斯他们的船员去吃掉。

奥德修斯想着自己的妻儿，看着身边这些吃了"忘忧草"而迷失的船员，决心自我营救，他找来了一根木棍，将木棍的一头在山洞的岩石上磨成了尖状。

这一天，波吕斐摩斯又把手伸进了洞口，摸索着，他没有摸到羊和人，于是就将眼睛凑过来看看里面的情况，奥德修斯抓住机会用那根磨尖的棍子刺瞎

▲ [奥德修斯在波吕斐摩斯的洞穴]
17世纪西班牙统治下尼德兰地区的著名画家雅各布·乔登斯的作品。

了巨人的独眼，然后把活着的同伴一个个缚在羊的肚子下面，逃出了洞口。

海神波塞冬知道奥德修斯伤害了自己儿子后非常愤怒，于是在奥德修斯回家的路上设置了重重障碍。这给奥德修斯回家的道路增加了不少困难，但是奥德修斯依旧经过重重困难回到了日夜思念的家园。

可以装风的口袋

奥德修斯在被海神波塞冬寻仇的过程中，曾在风神岛获得风袋避险，可是船员们却以为风袋中装着财宝，他们在打开风袋后却被狂风吹回了风神岛。

奥德修斯因为刺瞎了波塞冬的儿子独眼巨人波吕斐摩斯，而被波塞冬寻仇，波塞冬掀起巨浪和狂风肆虐，奥德修斯他们被迫逃到了一座小岛。

奥德修斯躲在岩石后抵挡波塞冬的狂吼。此时他看到一位老者在海边，奥德修斯担心波塞冬对自己的惩罚会伤害到这位老者，于是就扑了上去，给老者挡住了巨浪。老者打开一个口袋，海上的风立刻就平静了。

原来这位老者就是风神埃俄罗斯，他们所在的岛屿就是风神岛。于是，奥德修斯把从独眼巨人波吕斐摩斯那里获得的羊群送给了风神，风神为了答谢他们，把那个可以装狂风的口袋送给了奥德修斯。

原以为有了这个口袋就可以一帆风顺回家了。不料当船快行驶到家时，众船员以为口袋里面装的是金银财宝，趁奥德修斯睡觉时打开了口袋，结果各路风浪顷刻呼啸而至，又把他们吹回了风神岛。风神拒绝再次帮助他们，他任凭他们继续在大海中随船漂流。

> 埃俄罗斯是希腊神话中的风神。而实际上埃俄罗斯这个名字，被神话中的三个人物所共用，通常很难分辨这三个人，甚至连古代的神话收集者也经常对埃俄罗斯到底对应哪个人物而感到混淆不清。
> 第一个埃俄罗斯是赫楞的儿子，埃俄利亚族的祖先；
> 第二个是波塞冬的儿子，带领了一支殖民队到达第勒尼安海；
> 第三个是希波忒斯的儿子，在《奥德赛》中给了奥德修斯一满袋风，使得奥德修斯轻易地回到了伊萨卡的家。

◀ [风神浮雕]

希腊海洋神话传说

卡吕普索的迷惑

奥德修斯在被海神波塞冬寻仇过程中,整艘船都被掀翻,幸好被卡吕普索救起,便有了7年梦幻般幸福的生活。

在古希腊神话中卡吕普索是泰坦阿特拉斯的女儿,也是海之女神,据说她被父亲阿特拉斯囚禁在奥杰吉厄岛上,并给予这样的惩罚:命运女神每过一段时间,就送一个需要帮助的英雄给她,卡吕普索会与他陷入爱河,但英雄都不可能留下。

古希腊大英雄奥德修斯的船,在回国时不幸被海神波塞冬的巨浪掀翻在奥杰吉厄岛边,他被卡吕普索救起,卡吕

▲ [在卡吕普索岛的奥德修斯]

普索被英俊强壮的奥德修斯迷住了,并爱上了他,说只要他愿意就给他永生,前提是留在她身边。

奥德修斯残忍地拒绝了卡吕普索,因为他心里只有自己的凡人妻子。卡吕普索被拒绝后很沮丧,但是也没有办法,只好用魔力迷惑奥德修斯,使奥德修斯深深地被吸引,并很享受地在卡吕普索身边待了整整7年,每天过着天堂一般的生活,在这期间他们还有了个儿子。

然而奥德修斯是一个战士,当世界尚且处于战争时,他就无法过天堂般的日子,他内心挣扎不止想要离开,而卡吕普索则想尽一切办法留住他。

这一切都被雅典娜看在眼里,于是雅典娜向宙斯汇报了此事。人间战事纷争,英雄奥德修斯怎能被困在奥杰吉厄岛上?于是在宙斯的干预下,卡吕普索才恋恋不舍地放奥德修斯回到了自己的领地。

▲ [《加勒比海盗》中的卡吕普索]

波塞冬的儿子俄里翁

阿尔忒弥斯和海神波塞冬的儿子俄里翁相爱，却因太阳神的挑拨，俄里翁被爱人阿尔忒弥斯一箭射杀了。

▲ [俄里翁——9世纪油画]

波塞冬逼儿子结婚

在俄里翁二十多岁的时候，父亲波塞冬给他介绍了许多女人，但他一一拒绝了，这令波塞冬非常奇怪，也很生气，他恼怒地对俄里翁说："我会马上为你选择结婚的日子。你除了接受，就没有别的出路，否则你就不再是我的儿子！"俄里翁一向都很羞涩，可是这次却大胆地说："父亲，我喜欢希俄斯国王俄诺庇翁的女儿墨洛珀，让我娶她为妻吧。"

海神波塞冬一听，对俄里翁说："有了心上人，你为什么不早说呢？你去向俄诺庇翁提亲吧。"俄里翁点了点头。

俄里翁一见倾心

俄里翁遇见墨洛珀也相当偶然。有一次他在打猎回来的路上，歇息在大路边的一棵树下，遇到路过的一辆华丽的大马车，两个少女坐在前面指点着沿路的风光，后面则是护卫的士兵。

其中的一个美丽少女露齿微笑了几下，这使得俄里翁深深着迷，他从来没有见过这么漂亮的人儿，不由得张大了嘴巴，傻傻地盯着她看。

俄里翁这副傻样，招来了护卫少女的

波塞冬的儿子俄里翁是个年轻英俊的巨人，他臂力过人，喜欢打猎。由于他是海神之子，不仅有破浪前进的神奇本领，在波涛汹涌的水面上，他也如履平地，行走如常。靠近海边的居民们，在风平浪静蓝天晴朗的日子里，经常会看见一个黑点出现在海面的远方，越来越近，到了近处，才看清是一个年轻的巨人，他穿着鲸鱼皮质的猎装上衣，腰带是一根五彩斑斓的水蛇皮，牛皮短裤，精赤着钢块似的肌肉。

非凡海洋大系　海洋神话传说集锦

士兵们的嘲笑。俄里翁事后打听到,那个少女就是国王俄诺庇翁的女儿墨洛珀。

俄里翁求亲

俄里翁虽然很害羞,但是有了父亲的支持,他壮起胆,去见了俄诺庇翁。俄诺庇翁知道他是海神之子后说:"你可以娶我的女儿,可是要有代价的。现在,我们国家西北山区里有猛虎害人,你去帮我消灭吧。"俄里翁听后转身就走,不到一天,就提了一只血淋淋的老虎放在国王面前。可是国王没有马上答应,又说东南有一条恶龙骚扰百姓,俄里翁二话不说又斩杀了恶龙,只要是国王的要求,俄里翁都一一照办。不久希俄斯国所有的害虫恶兽都消灭在了俄里翁的手里。全国上下都知道了他的名字,连墨洛珀也知道了这个傻小子俄里翁的事情,并开始喜欢上了他。可是她的父亲却一直拖延着,找各种借口想否决这门亲事。这个时候,俄里翁已经和墨洛珀相当熟悉了,一天晚上,墨洛珀将俄里翁留在了寝宫里。

俄里翁毒瞎双眼

这一切都没有逃脱国王俄诺庇翁的眼睛。他表面不动声色,可是内心里对俄里翁切齿痛恨。

第二天天一亮,俄诺庇翁就亲自等在了女儿的宫殿外。俄里翁一出来,国王就拉他去喝酒,好像他们已经就是女婿和岳父之间的关系了。俄里翁很不好

▲ [墨西哥普罗格雷索海边的波塞冬雕像]

意思,心里又窃喜,以为已经解决了问题。喝酒的时候,他杯来必干,不久就喝醉了,趴在桌子上。这个时候,国王脸色一沉,喊来了侍卫,弄瞎了俄里翁的双眼,然后把他丢在海滩上。

酒醒后的俄里翁眼睛疼痛,双目失明,什么也看不见了。只觉四周万籁俱寂,他听见了打铁的声音,于是他顺着打铁的锤声来到利姆诺斯,摸到了铁匠之神赫菲斯托斯的铁匠炉前。

非凡海洋大系

海洋神话传说集锦

[太阳神和月亮女神]

制于公元前470年，现藏于卢浮宫。左边是太阳神阿波罗，右边为月亮女神阿尔忒弥斯

俄里翁的死还有另一说法，这一说法与一只蝎子有关。当巨人俄里翁复明之后，获得了黎明女神厄俄斯的青睐，在女神的提洛岛度过了一段幸福时光。随后，俄里翁来到克里特岛，由于他高超的打猎技巧，受到了月亮女神阿尔忒弥斯的赞赏。俄里翁得意忘形，说自己可以杀尽天下猎物。他这话让太阳神阿波罗非常不满，而且他还害怕自己的妹妹会喜欢上这个猎人。于是，他就把这话对大地之母盖亚说了，这让盖亚很生气，派出一只蝎子追赶俄里翁。面对蝎子，俄里翁的箭术毫无用处，被蝎子在脚上狠狠地蜇了一口，中毒倒地。这时，神医受月亮女神派遣来到俄里翁身边，踏死蝎子，准备救活他，可是天神宙斯却站在太阳神一边，一个霹雳，把俄里翁送入了冥界、不得复生。月亮女神把俄里翁的影像送上星空，成为猎户座，而毒蝎的影像则成为天蝎座。两星相对，一星出现，另一星就沉落，不会同时出现在夜空之中。

太阳神的毒计

赫菲斯托斯十分同情他的遭遇，就派了自己的徒弟铁匠克达利翁做他的向导，去找太阳神阿波罗求救。俄里翁让克达利翁骑在自己的肩上，朝着东方走去，阳光使他恢复了视觉。

太阳神看到俄里翁十分可怜，又精通狩猎，就把他送给了自己的妹妹月亮女神阿尔忒弥斯。

由于俄里翁年轻英俊，打猎的本领相当高强，颇得阿尔忒弥斯的宠爱。后来太阳神听说妹妹准备要嫁给俄里翁，心里很不舒服。于是他就经常劝告妹妹，但阿尔忒弥斯哪里听得进去呢？太阳神觉得只有除掉俄里翁，才能保持妹妹的贞洁。

有一天太阳神见到俄里翁在水中行走，水面上只露出他的头顶。他就指着这个黑点和阿尔忒弥斯打赌说："你一定无法射中漂在水面上的这个东西。"阿尔忒弥斯是射箭高手，当然不服气，她射出了万无一失的箭，命中目标，将俄里翁射死了，波浪将俄里翁的尸体冲到岸上。

阿尔忒弥斯知道自己犯了无可挽回的错误，伤心得痛哭流涕。为了赎罪，她把俄里翁变成了星宿——猎户座。从此以后，每当夜幕降临的时候，阿尔忒弥斯便驾驶着她银光闪烁的月亮车行驶于星河之中，陪伴着已经成为猎户座的爱人俄里翁。不论太阳神阿波罗怎样追赶着妹妹想向她道歉，阿尔忒弥斯都不再与阿波罗见面了。从此月亮和太阳不再有交集，这就是太阳和月亮不会一同出现在天空中的原因。

希腊海洋神话传说

吞吃水手的女海妖

这则神话故事讲述的是女巫因为爱上渔夫格劳科斯,而格劳科斯另有所爱,女巫因爱生恨将格劳科斯倾慕的对象斯库拉变成了女海妖。

斯库拉是希腊神话中吞吃水手的女海妖。

她的身体有6个头12只脚,并且有猫的尾巴。她守护在墨西拿海峡的一侧,这个海峡的另一侧有名为卡律布狄斯的旋涡。船只经过该海峡时只能选择经过卡律布狄斯旋涡或者是她的领地。而当船只经过她的领地时她便要吃掉船上的六名船员。

传说经常在墨西拿海峡打鱼的渔夫格劳科斯,爱上了美丽漂亮的斯库拉。斯库拉是一个水仙女,是海神福耳库斯的女儿,她在水边漫步时被格劳科斯爱上,然而斯库拉并不喜欢他,并且躲避着他的追求。于是格劳科斯便向女巫师喀耳刻诉说了自己的苦恼并请求她的帮助。

喀耳刻却因为这个爱情故事爱上了格劳科斯。但格劳科斯没有接受她的爱,因爱生恨的女巫师喀耳刻把怨恨都归结到斯库拉身上,并在斯库拉洗澡的水中投下药水,使得她的下半身变成恐怖的6头12足妖兽模样。

还有一种说法是安菲特里忒将斯库拉变成海妖的。

▲ [游戏《神之浩劫》中的斯库拉形象]

波塞冬求爱

> 非凡海洋大系 海洋神话传说集锦

这则神话介绍的是海神波塞冬与海洋女仙安菲特里忒的爱情故事。

▲ [波塞冬与安菲特里忒]

波塞冬和安菲特里忒乘坐四条海马（鱼尾马）绘制的战车穿过大海。波塞冬手拿三叉戟，他们身后伴随着长着一双翅膀的丘比特（爱神）拉出的彩虹，象征着他们的爱意浓浓。

传说大海深处有座美丽的宫殿，它的主人是大地的撼动者海神波塞冬。波塞冬拿着三叉戟，手指微动，海浪就要转动。大海深处还住着他美丽的妻子安菲特里忒，她是大海最老的预言家涅瑞的女儿。

110 | 希腊海洋神话传说

波塞冬第一次遇到安菲特里忒的时候，安菲特里忒正和自己的姐妹在纳科索斯岛岸边跳舞。赫西奥德在《神谱》中写道，安菲特里忒是一位奥克阿尼得（海仙女），她有着一泓清泉一样明澈的眸子，却带着仿佛海的最深处那样幽深的目光，而她的眼睛里掩藏着某种无法言说的寂寞和惆怅——她的父亲曾经告诉她有一个神，也是她未来的丈夫，会来到她身边，可是她一直等待却没有见到那个意中人。安菲特里忒怀着这样的心事，不知不觉地表露在舞蹈之中。

这一幕被波塞冬看到了，并在刹那间就迷上了美丽的安菲特里忒，神性的直觉告诉他，眼前的这个仙女就是他永生永世轮回中的妻子，他下了金色的战车，径直走到安菲特里忒面前说："跟我走吧，我的女人！"

不认识波塞冬的安菲特里忒被眼前的景象吓坏了，她的面前是一个留着大胡子，貌似性情粗野的男人，她仓皇逃去。之后安菲特里忒躲藏在用强劲的双肩扛起天空的亚特兰蒂泰坦神那里，波塞冬找了好久都没有找到安菲特里忒。最后，是聪明的海豚帮助波塞冬发现了安菲特

> 在艺术作品中，安菲特里忒要么表现为头戴王冠坐在波塞冬一侧，要么同他一起乘坐海马或其他神话生物拉的战车内，周围簇拥着特里同以及海仙女们。她身着女王的长袍，头上带有发网。供奉她的神庙内有时会有龙虾的钳子作为附属物。在诗歌中人们用她的名字来称呼海洋。

里忒躲藏的地方，海豚告诉安菲特里忒，"他就是波塞冬，尽管他性格暴躁，却是一个仁慈的、爱护所有海中子民的海神，他曾为保护海洋的生灵与陆地上那些贪婪的半神们开战；他也曾挥动三叉戟卷起海啸让那些贪婪的渔民的船只沉没，所有的海中生灵拥戴他为海皇。"

安菲特里忒得知这些，于是心有懊悔，正当她犹豫之时，她的眼前一亮，现出一朵浪花般明澈而洁白的百合花，而波塞冬一双有力的臂膀已经从背后将她抱住⋯⋯

之后，波塞冬为了纪念海豚的勇敢和机智，将海豚的灵魂升上天空，成为海豚星座。

> 安菲特里忒嫁给了波塞冬，所以她被人唤作"波塞冬尼亚"，对她的崇拜遍及特纳斯、锡罗斯以及莱斯博斯等岛屿之上。

希腊海洋神话传说

希腊海洋说话神传 | 111

楞诺斯岛的女人国

非凡海洋大系　海洋神话传说集锦

艳丽的美女、可口的美食和华丽的宫殿，让"阿尔戈"号船上的英雄们流连忘返，甚至连他们出航的探险目的都不再记起，幸亏英雄赫拉克勒斯及时地点醒了他们。

楞诺斯岛是一个物产丰富的岛屿，并且周围没有其他小岛，孤零零屹立在大海之中。

楞诺斯岛上的女人们把自己的丈夫都杀死了，因为这个岛上的男人从一个叫特刺刻的地方带来了情妇，这些女人们非常生气，而爱神阿芙洛狄忒又添了一把火，强烈的嫉妒心让女人们杀心顿起，她们除掉了这个岛上所有的男人，使楞诺斯岛成为了名副其实的女人国。

从此以后，岛上的妇女们无时无刻不在担心来自特刺刻，即来自她们情敌的亲属的攻击，她们常常以警惕的目光观察海上的动静。

当伊阿宋率领"阿尔戈"号船上的英雄们到达这个岛时，无不为岛上王宫的高贵华丽而惊叹。但是岛上的女人们并没有热情地欢迎这些英雄，她们以为他们是来自特刺刻的队伍。

"阿尔戈"号船上的英雄们看到海岸上遍是全副武装的妇女，而不见一个男人时，都感到十分惊奇。他们派出使者乘小船来到这群女人面前。使者被带到未婚的女王许普西皮勒面前，使者用谦卑恭顺的话提出"阿尔戈"号上的船员想在此地短时客居的请求。女王把岛

▲ [斜倚的阿芙洛狄忒]

阿芙洛狄忒从海中浪花中出生，拥有白瓷般的肌肤，是个金发碧眼的美女。阿芙洛狄忒有着古希腊女性完美的身段和样貌，象征爱情与女性的美丽，被认为是女性体格美的最高象征，是优雅和迷人的混合体，所有她的行为和语言都值得保留并用作典范，但无法代表女性贞洁。

上全体妇女召集到广场上，向众人诉说了"阿尔戈"号船员们和平的要求后，站起来说："亲爱的姐妹们，我们曾犯下一个大罪，这件蠢事使我们失去了男人。现在我们不应该把对我们表示友好的朋友拒之于千里之外了。但我们也必

须注意，不能让他们知道我们所犯下的罪行。因此我建议把食品、酒和一切生活必需品送到这些外乡人的船上去，使他们远离我们的城池。"

女王说完，一位老女人费力地抬起缩在两肩之间的头，大声地说着她的看法，希望女人国的全体女人们把这些男人留下，帮她们种田、收割以及做出对女人该尽的一切义务。大家都觉得可行，女王派她身旁一个少女侍从随使者登船向"阿尔戈"号船上的英雄们通报决定。

听到这个消息，英雄们都万分高兴。"阿尔戈"号船上的领头人伊阿宋披上雅典娜女神送给他的紫色斗篷向城里走去。他走进城门，妇女们便向他拥去，高声致意，因客人的到来而欢呼雀跃。他谦逊谨慎地两眼盯着地面，匆匆走向女王的宫殿。

楞诺斯岛上的国王许普西皮勒目光低垂，两颊泛着红晕。她羞怯地转向"阿尔戈"号船的领头人伊阿宋，用委婉的言词说："外乡人，你们为什么如此畏缩地停留在我们的城外呀？这个城里没有男人，你们不必害怕。我们的男人对我们不忠。他们都带着在战争中抢来的特剌刻情妇迁到那些女人的国土上去了，而且带走了他们的儿子和男仆，只有我们女人孤独无助地留在了这里。因此，如果你们满意，你们就在这里长住。如果你愿意，你就可以代替我接替父亲托阿斯的王杖，管理你的人和我们的百姓。你一定会答应的对不对，去向你的朋友

当楞诺斯岛上的女人们把全岛男人全部杀死之时，作为新一届女王的许普西皮勒生出了些许仁慈之心，因为老国王也就是许普西皮勒的父亲也会被杀死，她便向父亲泄露了其他女人的行为，还将他送上了一条开往希俄斯岛的船，使他逃脱了那些女人的伤害。

▲ [伊阿宋和许普西皮勒——油画]

许普西皮勒与伊阿宋春风一度之后，伊阿宋走了，而许普西皮勒则生下了一对孪生儿子，由于楞诺斯岛是女人国，她必须将儿子送走，于是便将他们送到了她父亲的地方，由外祖父抚养长大。

不幸的是，这些消息让许普西皮勒的臣民知道了，知道了她背叛了自己的臣民后，便开始讨伐她。

许普西皮勒逃到了一条船上，才躲过众多暴怒的女人。她只好去寻找自己的父亲和儿子，途中被海盗捉住，做了奴隶。

希腊海洋神话传说

非凡海洋大系

海洋神话传说集锦

[赫拉克勒斯雕像]

赫拉克勒斯是宙斯与凡人阿尔克墨涅的私生子，他天生具有无比的神力，天后赫拉也因此妒火中烧。在赫拉克勒斯还是婴儿时，就放了两条巨蛇在摇篮里，希望咬死赫拉克勒斯，没想到赫拉克勒斯笑嘻嘻地捏死了它们，从小赫拉克勒斯就被奉为"人类最伟大的英雄"。

转达我的这个建议吧！你们不要再滞留在城外了。"她说了这样一席话，只是把岛上女人杀害自己丈夫的事隐瞒下来了。

伊阿宋回答她说："女王，我们怀着感激的心情接受你对我们这些急需帮助的人提供的援助。等我把这个消息转告给我的同伴以后，我就回到你们的城市里来，但是王杖和岛国还是由你自己掌管吧！因为远方还有艰苦的斗争在等待着我。"伊阿宋伸出手和女王握别，然后就回海边去了。

紧接着，女人们也乘着快船带着许多待客的礼品随后赶到。那些英雄已经得知他们的首领带来的消息，所以女人们没费吹灰之力就说服了这些英雄进城，并住在她们家里。伊阿宋本人住在王宫里，其他的人分别住在其他女人的家里。只有赫拉克勒斯讨厌这样的生活，跟少数几个被选拔出来的伙伴留在船上。

就这样，城里处处都在欢宴和歌舞。女居民和男客人高兴地生活在了一起，"阿尔戈"号船的出海行期一天一天推迟。

要不是赫拉克勒斯从船上跑来，背着那些女人把伙伴们召集起来，骂道："你们在自己的家乡不是有很多的女人吗？你们是因为需要结婚才到这里来的吗？难道你们愿意在楞诺斯务农耕田？我们还要出海冒险，去寻找神赐下的金羊毛，那才是英雄该做的事情呀！"

听了赫拉克勒斯的这些话，没有一个人敢抬起眼睛看他，更没有一个人敢于反对他。他们意识到错误，准备立刻起航。楞诺斯的女人们了解了他们的意图后，便开始刻意撒娇、耍赖地挽留他们，但到最后英雄们还是决定了出海远航。

许普西皮勒女王眼中噙着泪水握着伊阿宋的手说："愿诸神如你们所愿，赐给你和你的同伴金羊毛！如果你愿意回到我们这里来，这个岛国和我父亲的王杖随时等待着你。但我心里很清楚，你是不会回来的。那么，到了远方，至少还想念着我吧！"伊阿宋感叹不已地与高贵的女王分别，第一个登上大船，其他英雄紧随其后，继续他们的冒险生涯。

太阳岛

奥德修斯的船航行来到太阳岛，在食物都吃完后，饥饿的水手们吃掉了岛上的4头牛。他们重新起航后就遭遇了风暴，除了奥德修斯外，其他吃过牛肉的水手全部丧生。

奥德修斯在海上航行，他要去的下一个地方就是有名的特里那喀亚岛。那里阳光明媚，鸟语花香，但却是一个禁地，因为这个岛屿的主人，是太阳神的女儿兰帕提厄和法厄图萨放牧牛群的地方。那些漂洋过海流落此岛的人，无论是谁，也无论他或她短缺什么东西，他们千万不要侵犯这群牲口。如果他们抗不住饥饿，违犯了这个禁令，那违禁者必遭杀身之祸。

奥德修斯最初经过这个岛的时候，因为害怕水手们控制不住自己，打算直接绕过去，等到了下一个地方再歇息。可是他的那些手下却不同意。因为他们的粮食已经所剩无几，而且都是粗糙不堪难以下咽的东西。一个多月以来，他们一直吃这些东西都快腻烦了。而且他们也太累了，想休息休息。奥德修斯没有办法，只好同意了他们的请求。不过他还是一再强调，千万不要动这里神圣的牛群中任何一头牲口，否则他绝不同意。水手们都厌烦了奥德修斯谨慎的态度，为了让奥德修斯放心，水手们都立下了誓言。

当天夜里，风平浪静，水手们都在

▲ [钱币——正面是奥德修斯头像]
公元前3世纪奥德修斯头戴战盔的钱币。

> 奥德修斯在罗马神话传说中称之为尤利西斯，或译俄底修斯。最著名的事件是参加了特洛伊战争。

洁净的沙滩上睡着了。忽然一阵冷风吹了过来，奥德修斯一下子惊醒了，发现乌云密布，他还没有完全喊醒那些船员，已经开始下起了瓢泼大雨。

雨过天晴，可是风向却变化了，成为逆风。奥德修斯他们无处可去，只能逗留在特里那喀亚岛上。他们整天看见神的牛群在岛上来回地奔跑吃草，或者跑到他们身边,睁大眼睛吃惊地盯着他们。就这样,一个多月过去了,他们船上的食品都耗用一空。他们的胃是空的,嘴巴是干的,却只能对着这一大群牛,他们不敢随便冒犯神。只能靠抓鱼和打鸟充饥度日。又过了一段时间,岛上的鸟变少了,鱼也变少了。这些人再也不能靠吃鸟肉、鱼肉充饥了,他们饱受着饥饿的折磨,却只能眼睁睁地看着这些来回奔跑的牛群。

这一天,奥德修斯离开水手们,去寻找是否有新的可以吃的东西。出发之前,他有气无力地警告了这些饿得只能躺在地上晒太阳的伙伴。奥德修斯走了之后,一头小牛走到了水手们身边,这群饥饿的人摇晃着站起身来,他们杀掉牛,切割成碎块,将大块的牛腿肉在烤肉架上烘烤,不时发出嗞嗞声。他们被香气刺激着,吃完一头牛后,他们又贪婪地杀掉了三头。

等到奥德修斯回来发现他们的所作所为后不禁毛骨悚然,随之而来的凶兆更使他不寒而栗:"牛皮在地上爬行,大块的牛腿肉发出哞哞的叫声。"

几天后,刮起了顺风,他们离开小岛。

> 这个故事来源于《奥德赛》,讲述了希腊英雄奥德赛(奥德修斯)在特洛伊战争中取胜后及返航途中的历险故事。延续了《伊利亚特》的故事情节,相传为盲诗人荷马所作。

起航不久,天气突变,一场雷电交加的风暴笼罩了整个大海,奥德修斯他们航行的船被打翻了,船身被恶浪撕得粉碎,奥德修斯抱着断下的船木,随海浪漂流到卡里普索居住的岛上。其他的船员全部葬身鱼腹。

▲ [奥德修斯宫殿遗迹]

奥德修斯是《荷马史诗》中描述的英雄。其宫殿遗址在希腊大陆西部爱奥尼亚海的伊萨卡岛,考古发现这座宫殿建造年代可追溯到公元前8世纪,这说明奥德修斯并不仅仅是一个传说,而是一个真实存在的历史人物。

北欧海洋神话传说

北欧版的《创世篇》

这是挪威神话中的创世传说。北欧神话中的始祖巨人伊米尔,类似于希腊神话中的混沌。他是北欧神话中所有巨人的祖先,同时也是最初一代的神。后来欧德姆布拉在舔食盐霜的时候诞育了第二代神布里,布里也被称为众神之始,布里的儿子鲍尔就是奥丁三兄弟的父亲。

在远古时代,世界初始之时,没有海,没有河,没有带咸味的波涛,也没有清甜的泉水。上无天,下无地。渐渐地,在北方冰雪的荒野上,黑暗、混沌的深渊向着南方火的土地,伸出了寒冷的长臂。火的土地与冰雪深渊相遇,就出现了海、土地和水。水汇成河流,又流回北方,却被严寒冻成冰雪,在无边的沉寂中僵死过去。

不知道多少万年过去了,南方吹来的暖风使得僵死的河流蠕动起来,冰珠化成一滴滴水,汇聚在一处,这些冰水慢慢地孕育出了生命,这就是第一个巨人伊米尔。

伊米尔睁开眼睛,有着巨大身躯的他在混沌世界中徘徊,感到饥肠辘辘。

▲ [伊米尔吸吮母牛欧德姆布拉乳汁]

又过了很久很久，温暖的水又孕育出一个新生命，这就是巨大的母牛欧德姆布拉。从它身下流出4条牛奶河，香气四溢，淌过荒原。

> 在世界各个民族的神话传说中，巨人几乎是不可缺少的重要角色。他们智商不高，却忠心不二。他们行动笨重，却力大无穷。他们人口稀少，却能以一当十。伊尔米是北欧神话中的始祖巨人。

▲ [巨人伊米尔被袭击]
伊米尔被奥丁、威利和维袭击。

> 伊米尔被北欧诸神杀死后，他的血淹死了大部分巨人，只有贝格尔米尔和他的妻子游过血海，逃往世界的另一边约顿海姆，他们在那里建立了"巨人之国"，在那里他们繁衍出许多霜巨人，并且发誓永远与诸神为敌。

> 有关巨人的传说，不仅在北欧神话里出现过，而且在印加传说和其他不少国家的故事里也都屡见不鲜。除此之外，在公元前400年希罗多德所著的《波斯战史》中，也记载着发现过身长2.5米左右的完整无缺的人体骨骼一事。

于是，庞大的伊米尔就以欧德姆布拉的乳汁为食，而母牛则以舔食冰雪为生，特别是冰地上偶然会有的一些盐霜。

在混沌黑暗、冰天雪地的洪荒时代里，只有这样两种巨大的生灵存在着。

母牛低头舔着盐霜，它舌尖上温暖的涎液滴落在冰雪大地上，慢慢聚成了又一个生命，巨人布里就这样诞生了。

无数岁月以后，终日饱饮牛乳的伊米尔变得非常地强壮。伊米尔在左边胳肢窝下，生下一个男人和一个女人；又在并拢的双脚中间，生下一个儿子。

布里则生了一个儿子鲍尔。鲍尔娶了伊米尔的女儿为妻，生下三个神：奥丁、威利和维。三个神一天天长大了，各自练就了非凡的本领。同时也开始不再满足于生活在这样一片黑暗、寒冷和混沌的世界之中了。

于是，三位神齐心协力，杀死了伊米尔，他们切开伊米尔的血管，伊米尔的血变成大洋，与海水混在一处。世界之初的形态出现了：伊米尔的骨骼变成高山，牙齿变成砂砾；他的脑壳被做成天之苍穹；他的脑子变成了云彩，铺满天空；他浓密的眉毛，被用来筑成大地上的城池——这个城叫做"密尔嘎得"，意思是"中心之地"。伊米尔的眼睛化成了一泓深不见底的大泉，源源不断地涌出甘甜清冽的泉水，滋润着浸过巨人祖先鲜血的、渐渐变得温暖起来的土地。

北欧海洋神话传说

海神埃吉尔

非凡海洋大系 海洋神话传说集锦

埃吉尔在北欧神话中是深海海神，掌管海中的风浪，形象是一个老人，有长且白的头发和胡须及非常瘦长的爪。当他到海面时，就追逐船只，把船颠覆拉到水底下他的宫殿里。

埃吉尔是北欧神话中的深海海神，名字就是"水"的意思。他另外的名字有赫勒尔及盖密尔。

埃吉尔的父亲是佛恩尤特，兄弟是罗吉（火）和卡里（风）。埃吉尔的妻子是澜，他们的女儿就是九名海浪化身的女神，这九名女神的儿子就是海姆达尔。另外，埃吉尔还有两名仆人：费玛芬格和他的妻子埃尔迪尔。

他是古老的巨人族，但不是霜巨人族的人，而是古老的神，可以说是古老自然力量的化身。他对诸神或巨人族都不支持也不反对，基本上是中立的存在。当"诸神的黄昏"发生之后，即使诸神和巨人都灭亡了，他也依然会存在。

和近海海神的华纳神族不同，他没有受到人们的爱戴，人们只是畏惧其力量的可怕。当出海的船只翻覆之时，船上的宝物及货物就会变成他的所有物，所以他的住所充满各种珠宝与财富，甚至到了用黄金来照明的地步，因此黄金也被称为"埃吉尔之火"。传说他

▲ [海神埃吉尔]

这个拿着鱼叉的巨人就是埃吉尔，和希腊神话中的波塞冬有点像，不过此巨人带着北欧特有的帽子。

海洋带给北欧人太多危险和损失，所以海神埃吉尔和澜都是北欧人不喜欢的神。

的豪宅就位于雷色岛上一个叫福雷斯耶的地方。

诸神有时也会到他的住所聚会，有个故事就说到雷神托尔应埃吉尔的要求，从巨人那边抢来巨大的锅子供其酿酒，因此也有诗人称埃吉尔为"啤酒的酿造者"。

扬波之女

在北欧神话中，扬波之女九姊妹都有着雪白的皮肤、深蓝的眼睛，通常穿着透明的水色、白色或绿色的纱衣。

埃吉尔娶自己的姐姐澜（Ran，意为强盗）为妻。

埃吉尔和澜生了九个女儿，名为扬波之女；这九个女儿的名字是芭拉（巨浪）、贝萝度格达（血浪）、拜尔琪雅（怒浪）、都法（静浪）、赫佛琳（高浪）、希明莱瓦（耀浪）、赫萝恩（卷浪）、库尔嘉（寒浪）、乌娜（扬浪），代表了海上的九种波涛。

她们共同为奥丁生下了海姆达尔。

她们都有雪一样白的胸脯和手臂、深蓝的眼睛、柔媚妖娆的身形。她们喜欢穿着透明的水色、白色或绿色的纱衣在水面上嬉戏，有时她们的游戏变成打闹，则会互相揪头发、撕衣服，猛冲在礁石上，高声呼号。但是除非她们的哥哥——风先出来，否则她们是不出来的。

这九姊妹又常是三人一组地出现，她们常常追逐在维京人的船旁，帮助他们到达目的地。

▲ [扬波之女]

雷神托尔钓巨蟒

非凡海洋大系 —— 海洋神话传说集锦

在北欧神话中，巨蟒约尔曼冈德是以反派的形象出现的，它经常猎杀过往的船只和渔民，雷神托尔实在是看不下去了，决定除去它。

◀ [雷神钓巨蟒]
巨蟒约尔曼冈德是破坏及灾难之神洛基和女巨人安格尔伯达所生的三个孩子中的次子，其哥哥是巨狼芬里尔，妹妹是死亡女神和冥界女王赫尔。

雷神托尔约巨人西米尔出海捕鱼，其实际目的是为了找到巨蟒。为了向西米尔显露捕鱼的本领，雷神托尔把船开到离海岸很远的地方，以巨牛的头部当作鱼饵，放到海洋深处。不一会儿，感

约尔曼冈德即尘世巨蟒，是北欧神话中的怪物，破坏及灾难之神洛基和女巨人安格尔伯达的次子。这条巨蟒头尾相衔，环绕着整个北欧世界，象征永恒。

觉鱼绳被疯狂拖拽，雷神托尔用尽毕生气力拖拽，拖出水面发现是一条咬着牛头的巨蟒的脑袋，原来雷神托尔勾住的是巨蟒约尔曼冈德。约尔曼冈德既惊且怒，冲到海面后，不断释放毒气与蛇血，并用力拉扯着，连托尔立足的船只都受到破坏。不过，雷神托尔还是成功把巨蟒拖到船边。

这时候，托尔拿起巨锤想要击在巨蟒头上，可是巨人西米尔却怕得罪约尔曼冈德的家族势力，把丝线剪断了。跌回大海的巨蟒，从此与雷神托尔有着不共戴天之仇。

后来在末日之战"诸神的黄昏"中，雷神托尔和巨蟒还将有一战。

北欧海洋神话传说

雷神托尔，日耳曼地区称他多纳尔，是古北欧神话中负责掌管战争与农业的神。托尔的职责是保护诸神国度的安全与在人间巡视农作，北欧人相传每当雷雨交加时，就是托尔乘坐马车出来巡视，因此称呼托尔为"雷神"。

雷神第一次和巨蟒相遇

雷神托尔在巨人国，国王有意刁难托尔，"如果你能举起我家的这只猫，我就相信你力大无比"，谁知雷神托尔使尽力气都只能举起猫的一只脚，这结果令托尔沮丧不已。最后，国王告诉托尔，原来一路以来的考验都是国王所施的法术，他要求托尔举起的猫，真身其实就是大蛇约尔曼冈德。约尔曼冈德的巨大足以环绕人间世界，而托尔竟然可以把它举起一部分，可见托尔的力量如何强大。

◀ [牛头钓巨蟒]

北欧海洋神话传说 | 123

[电影海报雷神]

雷神托尔与巨蟒同归于尽

星辰从苍穹中落下，时间已不复存在，焦黑的地面摇晃着沉入波涛汹涌的海底，触目所及的只有滔天巨浪，宇宙间只剩下一片死寂的大沉默和永劫的黑暗。

在北欧神话的末日之战"诸神的黄昏"中，巨蟒约尔曼冈德与地上的邪恶势力互相产生共鸣。它从睡梦中苏醒过来，在海底不断翻腾着，引起滔天巨浪淹没世界，并且来到亚斯格特的土地上，与它有极深恩怨的雷神托尔就住在这里，巨蟒正式向诸神宣战。

雷神托尔和巨蟒约尔曼冈德发生激烈的争斗，巨蟒庞大的身躯，不断地翻滚，巧妙地躲避托尔的雷神之锤追击，同时不断向托尔喷吐毒汁。

托尔愤怒极了，他对准巨蟒的头，把雷神之锤用尽全力掷去，霎时间，雷声轰隆，电光夺目，这是致命的一击，巨蟒昂起身体，向托尔喷出鲜血，倒地死去，巨蟒的毒液亦深入托尔的身体。

结果双方同归于尽，托尔这位曾带给亚斯格特无数胜利的第一勇士也气绝而死。

> 在北欧神话中，亚斯格特是阿萨神族的地界，亦可称作阿萨神域，所有尊奉奥丁为主神的神明都住在这里。

海的女儿

《海的女儿》是安徒生的代表作之一，是最脍炙人口的名篇之一，广为流传。也被译为《人鱼公主》。该童话被多次改编为电影、木偶剧、儿童剧。

从前，大海深处的一座宫殿里住着神秘的人鱼家族。这座宫殿的统治者是海王的老母亲，她有六个美丽的小外孙女，其中最小的那个不仅最美丽而且最爱幻想，是老祖母的宝贝。

小人鱼十五岁时，在狂风巨浪中救起了一位奄奄一息的王子，小人鱼把昏迷王子送到了岸边，小人鱼看着王子俊俏的脸，深深地被王子迷住了。她吻了吻王子的脸颊，希望他能醒过来。

可是这时，有人向这边走来，小人鱼只好躲到岩石后面。

一个年轻的姑娘发现了王子，这时，王子正好醒了，王子以为是这位姑娘救了他，小人鱼看到这一切，伤心地回到了海底的宫殿。

小人鱼十分伤心，终于忍不住把心里的秘密告诉了一个姐姐。很快，所有的姐姐都知道了这件事情，姐姐们带着小人鱼来到王子宫殿所在的那个海湾，小人鱼在海里能够远远地看着宫殿里的王子，于是她便常常来这里看王子，她期待有一天能上岸与他生活在一起。

她去问她的老祖母，人和人鱼有什么不同，人鱼怎么才能变成人？

她的老祖母告诉她，人的生命虽然短暂，但人是有灵魂的，死后会升上天空，在天国里永存。而人鱼虽然有三百年的寿命，死后却只能化成海上四处漂浮的泡沫，再也看不到天上的太阳了。而人鱼如果想获得灵魂的话，必须有一个人类爱她胜过其他的一切，并且和她结婚，这时他才可能把他的灵魂分一半给她，

▲ [安徒生童话的原稿]
安徒生童话的原稿，最后一页。

北欧海洋神话传说

北欧海洋神话传说 | 125

非凡海洋大系

海洋神话传说集锦

把他的欢乐也分一半给她。而且老祖母坚信，这样的事情永远不可能发生，因为人不会爱上人鱼，那条鱼尾巴对他们来说实在是太奇怪了。

小人鱼悄悄找巫婆帮忙，并答应用自己的声音来交换在岸上行走，巫婆答应帮她，巫婆给了她一锅汤，她喝了后就会有腿了，而且会有世界上最轻盈的舞姿。但是从此以后再也不能回到海里了，而且每走一步，都会像走在刀尖上一样，脚上还会流血。如果那个爱她的人和别人结婚，第二天早上，她就会化成海上的浮沫。

小人鱼毫不犹豫地喝下了巫婆给的汤，晕倒在王子宫殿的外面。当她醒来的时候，她发现自己躺在一座大宫殿里，面前坐着那个王子！

于是她在这里住了下来，成了整个王宫里最漂亮的姑娘。然而，她却是一个哑巴。王子迷上了小人鱼的舞姿，就这样她和王子一起过着快乐的日子，但每到夜晚她就会坐在海边往海洋的深处望去，思念她的亲人。她的姐姐们手挽手地来看她，她们为她唱着凄楚的歌。

可是王子虽然爱她，却没有娶她的念头。没多久，大家传言王子快要结婚了，他未来的妻子是邻国国王一位美丽的女儿，就是当初救王子的姑娘。小人鱼听到王子的喜讯时心里充满了忧愁。

她为新郎和新娘跳起了优美的舞蹈，大家兴高采烈地为她喝彩。

> 西方传说或童话中的人鱼以上半身是人（多为女性）、下半身是鱼的身体为基本的形态。人鱼多半用来象征不幸的事，如安徒生童话中的美人鱼。

▲ [小美人鱼与王子——插画]

▲ [丹麦美人鱼雕像]

丹麦美人鱼是根据《海的女儿》所塑，位于丹麦首都哥本哈根的朗厄里尼港湾海滨公园里。她坐在一块石头上，凝望着身下的大海，神情忧郁而又充满向往。

▲ [华沙美人鱼雕像]

华沙美人鱼位于波兰首都华沙的维斯瓦河畔，左手紧握盾牌，右手高举利剑，眉宇间洋溢着英雄气概。

在波兰，出海口在波罗的海的维斯瓦河，传说也有美人鱼。当时有一个名叫华尔的男青年和一个名叫沙娃的女青年结伴，顺流乘舟来到现在的波兰首都华沙开拓家园，河中的美人鱼是他们的见证人和庇护者。这里也逐渐发展成一座城市，后人为了纪念他们，便把他们名字合称"华沙"，作为该城的名称。同时，把美人鱼形象作为华沙的城徽。

夜深了，小人鱼和往常一样坐在海边，这时，她的姐姐们出现在海面上，她们长长的头发已经没有了，她们用自己的头发和巫婆换了一把刀，只要在天亮之前用这把刀刺进王子的心里，让他的血流到小人鱼的腿上，小人鱼就可以重新变成人鱼，回到海底享受她的三百年寿命。

朝霞渐渐地变得越来越亮了，小人鱼揭开了帐篷上紫色的帘子，她弯下腰去，在王子漂亮的脸庞上吻了吻，然后把刀抛向大海，自己也纵身跳入海里——她感到自己的身躯正逐渐化为泡沫。

北欧海洋神话传说

海神的眼泪

非凡海洋大系

海洋神话传说集锦

爱尔兰动画片《海洋之歌》中说到海神玛纳诺因为变成石头而伤心。在传说中，玛纳诺却因妻子的外遇而伤心过。

海神玛纳诺·麦克·利尔是海神之子，其妻子是美丽的女神芬德。

传说玛纳诺和美貌的妻子芬德经常因各种琐事争吵不休，一次玛纳诺生气出走，正好一个深海巨人族来犯，面临危险的芬德只好向阿尔斯特勇士库丘林求助。

库丘林打败海巨人后，芬德被库丘林的勇猛迷倒了，两人迅速坠入了爱河，并住在了一起。缠绵一个月之后，库丘林惜别情人，两人相约再会。

芬德和库丘林的事被远在影之国库丘林的妻子女战士乌伊芙知道了，她带领着50个手持利刃的女侍卫要杀死芬德，海神玛纳诺听闻消息后立刻赶来，使用斗篷护住了妻子。

最后，芬德因为丈夫玛纳诺大度并出手相救而感动，并发誓忘记库丘林，选择了与丈夫玛纳诺在一起。在和库丘林临别时，芬德用巨棒打了库丘林一下，为的是让他在数年内难以忘掉自己。

玛纳诺此后却一直非常伤心，或者是因为妻子的不忠吧！

▲ [玛纳诺·麦克·利尔的雕像]

玛纳诺的妻子芬德是达努神族中的一员，有一艘船摆渡亡魂，亦是"彼世"的守护者。

民间故事中曾有一个凯尔特女神，极为嫉妒玛纳诺及其妻儿的幸福生活。在一个夜晚，她把玛纳诺的家人都变成了天鹅并放逐。玛纳诺不知内情，绝望地以为他的家人被杀，所以哭得伤心欲绝。

海姆达尔痛殴洛基

海姆达尔十分讨厌洛基，从不和他妥协，为此海姆达尔也常常被称为"洛基的敌人"。

▲ [海姆达尔]

海姆达尔，有些传说中说他是巨人的子孙，有的则声称他是奥丁和埃吉尔的九个女儿所生。
海姆达尔最著名的事是吹他的号角，提醒众神们注意"诸神的黄昏"的到来。

侏儒国：大地下面的侏儒国里的侏儒不能见到白天的光芒，如果被日光照耀到的话，他们就会变成石头或者熔化掉。但是，这些躲在阴暗角落的侏儒们却素负能工巧匠之名，特别是善于用金子打造各种各样精巧而神奇的宝物。

洛基（Loki），北欧神话中的恶作剧之神、火神。巨人法布提（象征闪电）和女巨人劳菲（象征树）的儿子。

其母亲属于巨人族，因为母亲是奥丁的养母，所以洛基和奥丁结为兄弟，是北欧神话中最会惹麻烦的一位神。

海姆达尔特别不喜欢洛基，虽然洛基是奥丁的结义兄弟，但其父母均是巨人中的邪神。洛基位列亚萨神的首领席位，频频行走于亚萨园，海姆达尔对他经常怒形于色，从不向他妥协。为此，海姆达尔也常常被称为"洛基的敌人"。

有一次，侏儒国送给雷神托尔的妻子西芙女神一条黄金项链。女神非常喜欢，总是天天带着，到处炫耀。

这引起了洛基恶作剧的念头，洛基在西芙睡觉的时候，偷走西芙的项链，当时雷神托尔和巨人作战去了。

这件事被洛基的老对头海姆达尔知道后，他便自告奋勇地去追击洛基。当洛基看到海姆达尔追来后，慌乱中变成了一头海豹游向了一座小岛。但是海姆达尔也随即变成了一头海豹，在岛上抓住了洛基，把他痛殴了一顿，并为西芙女神夺回了项链。

这个岛屿被后人称之为金链岛。

飞翔的荷兰人

在《加勒比海盗》系列电影中，有一艘被诅咒渐渐变化成海洋生物的船，他们永远无法靠岸，只能终日在大海中漂泊……这个故事与北欧的一个"飞翔的荷兰人"号的幽灵船的传说如出一辙。

看过电影《加勒比海盗》的观众想必应该了解，里面有一艘被诅咒的"飞翔的荷兰人"号船。事实上，在北海附近确实有这样一个关于幽灵船的传说。

"飞翔的荷兰人"号一直在海上游荡，在远距离观察时，能看到这艘船会散发着幽灵般的光芒。据说如果有人向它打招呼，它的船员会试图让他们帮忙向陆地上或早已死去的人捎信。

对于这个传说，有许多个版本。相传在很久以前，在复活节这一天，海面上兴起一场剧烈的风暴。尽管这一天天气恶劣，并且正好赶上了一个宗教节日，但荷兰东印度公司的船长范戴肯还是决定扬帆起航，前往东印度。船长想以最快的速度到达印度尼西亚首

> 关于飞翔的荷兰人的故事在航海传说中有很多个版本，除了正文中介绍的还有福肯伯格船长的中世纪传奇故事，他以自己的灵魂为赌注与魔鬼掷骰子，被诅咒在北海不停往返直到审判日，电影《加勒比海盗》的故事就选材于此。

▲ ["飞翔的荷兰人"号——剧照]

▲ ["飞翔的荷兰人"号]

上图描绘的是一艘破烂的小帆船在迷雾的海洋上，乘客仰望着一艘巨大的鬼船在他们身边。

> 如今流行着关于这艘幽灵船的一个新传说：只要航海者与这艘幽灵船相遇便会沉船。于是航海者在途经传说有幽灵船的海域时，为了保护自己不受恶灵迫害，船员们便会在手上套上马靴，身靠在船上的桅杆。因为他们相信这样做会带来好运，驱赶幽灵。

都雅加达。因此不论遇上什么样的天气都要毅然前行。

范戴肯船长带领的船，在经历了漫长的航行之后，途经非洲南端的好望角时，船长试图将船驶向好望角。然而这时，他的随行船员坚决反对他的决定，船员们请求船长继续航行绕过好望角。因为船员们早就知道即便是在天气好的时候，好望角也是非常危险的。可是船长范戴肯拒绝了他们的请求，而且跟魔鬼串通一气，达成了黑色交易，最终范戴肯强行将船驶向了好望角。

后来上帝知道船长和魔鬼的阴谋后，便给范戴肯船长施了一道永恒的咒语："这艘范戴肯带领的船将不可能到达目的地，将会永远孤独地漂流在海上。"

直到现在这艘神秘诡异的船已经在海面上漂流了几个世纪。

这艘船在如同火焰般的巨浪中漂泊着，迎着凛冽的飓风，在漆黑的夜里，船只渗出幽暗的光，早已死去的邪恶船长化作的幽灵站在甲板上，幽怨地叹息着，在那永无止境的绝望和黑暗中，漫无目的地航行。

北欧海洋神话传说

海妖克拉肯

"在深不可测的海底，北海巨妖正在沉睡，它已经沉睡了数个世纪，并将继续安枕在巨大的海虫身上，直到有一天海虫的火焰将海底温暖，人和天使都将目睹它带着怒吼从海底升起，海面上的一切将毁于一旦。"——阿尔弗雷德大帝

[海妖克拉肯——电影剧照]

在电影《加勒比海盗》中，克拉肯是"飞翔的荷兰人"号的船长戴维·琼斯的"宠物"，第一次出现是琼斯被威尔·特纳惹怒时，它被召唤出来把一船的人都打翻了，后来还将杰克船长吞进了肚子里。

在北欧神话中海妖克拉肯被描述成巨妖，是巨大的海怪。根据民间传说，北海巨妖多被描绘成一个巨型章鱼的形象，该怪物体长 155 米、体重 330 吨。平时伏于海底，偶尔会浮上水面。当它浮上水面时，有些水手会误把它的身体当作一座小岛，甚至会登上这座"小岛"，在上面安营扎寨，结果在它沉下去的时候，水手们随之葬身海底。

> 据说在 1861 年 11 月 30 日，法国军舰"阿力顿"号从西班牙的加迪斯开往腾纳立夫岛途中，遇到一只有 5～6 米长，长着两米长触手的海上怪物。船长希耶尔后来写道："我认为那就是曾引起不少争论的，许多人认为是虚构的大章鱼。"希耶尔和船员们用鱼叉把它叉中，又用绳套住它的尾部。但怪物疯狂地乱舞触手，把鱼叉弄断逃去。绳索上只留下重约 18 千克的一块肉。

丢失了外皮的塞尔克

塞尔克是爱尔兰、苏格兰和法罗群岛民间传说中的神话生物。传说他们穿上海豹皮时便会回到大海，脱下海豹皮便可以变成人。

塞尔克是英文 Selkie 的音译，是海豹人或海豹精灵的名字。海豹人是爱尔兰、苏格兰和法罗群岛民间传说中的神话生物。

据说，海豹人以海豹形态在海里生活，脱去海豹皮后，可以变成人形，在陆地上生活。变成人形的海豹女通常都是黑发美女，有着美人鱼一般美妙的歌声，因此男人常常被她们吸引。

很久以前，一个男人喜欢上了一个海豹女，却苦于没有时间相处，就偷走了她的海豹皮，使她无法返回大海，被迫成为他的妻子。在随后的生活中男人很好地将海豹皮藏起来，不让海豹女找到，好让妻子一直留在身边。

海豹女是个贤惠的妻子，一直在为男人生儿育女，操持家务，但因为她真正的家是大海，所以她会忘情地凝视着大海。有一天，海豹女带着她的几个孩子一起玩耍，让她的孩子帮她找海豹皮。孩子们这找找那找找，几天、几个月，终于在一个不被注意的角落里找到了海豹皮，海豹女顿时披上海豹皮，跳入了大海，返回了真正的家。几年后，海豹女经常避开人类丈夫来探望孩子们，和孩子们在海浪里玩耍。

▲ [法罗群岛海豹人的纪念邮票]

> 海豹人偶尔会与人类相遇，有时还会成为人类的伴侣。和许多与异种族通婚的传说一样，想与海豹人成婚的人得把他们的海豹皮藏起来。然后，晚上往海中滴七滴眼泪或七滴血，就有机会留下海豹人的子嗣。但是，和众多与异种族通婚的情况一样，这种伴侣关系一般不长久。海豹人终究会找到自己的海豹皮，回到海里去。多情的女性海豹人常常会回来，在安全的地方遥遥望着自己曾经的人类家庭；而男性的海豹人通常在离开 7 年后再出现，带回一些财物作为儿女的抚养费。

北欧海洋神话传说 | 133

梅尔顿历险记

非凡海洋大系

海洋神话传说集锦

梅尔顿被誉为古爱尔兰最伟大的航海家之一。他带领武士们远洋历险的故事已成为神话传说中的经典。

梅尔顿是一位伟大的航海家，但他的出生颇为无奈。因为他的父亲是一座岛上的首领，或者说是一名海盗首领，他的生母是一位修女。梅尔顿的父亲带领一些人抢劫到了爱尔兰，洗劫了当地一所教堂并奸污了这里的修女，父亲在做完这一切后，逃离时被另一伙海盗所杀。

这些修女中有名修女怀了强奸者的孩子并生下了一个男孩。这名男孩被交给了修女的姐姐，也就是当地恩格纳特长官的妻子抚养，这个男孩就是梅尔顿。

询问身世

梅尔顿很快成长为一名优秀的战士，他在各项比赛和试练中都表现出众，他非常有吸引力，许多女孩为他倾倒。

渐渐的，周围的一些年轻人开始嫉妒梅尔顿，并逐渐转变为奚落，说梅尔顿是个"野种"，气愤的他把那些年轻人暴打了一顿，然后回家询问母亲自己的父亲是谁，这才得知了自己的身世。知道自己的父亲被一伙海盗所杀后，他开始了自己的复仇计划。

▲ [《梅尔顿历险记》——插画]

梅尔顿的故事于8世纪时首现，但保留在11世纪的转述手稿中，虽然只有中间部分的故事幸存下来。完整的故事可以在14世纪的莱康黄皮书中找到。

出海寻找仇人

梅尔顿的朋友为他造了一艘大船并选好了出海的吉日，梅尔顿和他的兄弟以及17位武士组成船队踏上了漫长的复仇冒险之旅。

梅尔顿一行先是到达了海盗们居住的地方，但他们并没有找到仇人，于是他们选择继续远航。

梅尔顿的故事受爱尔兰浪漫主义影响，后来由爱尔兰作家帕特里夏·阿库斯在1989年再次续写了这个故事，名为《梅尔顿的沼泽旅程》。

梅尔顿的故事非常多，而且有许多相似或重复的内容，还有包括其他民族的旅行故事如圣布伦丹之旅，如今一部分手稿被保存在都柏林皇家爱尔兰学院，还有一部分在都柏林三一学院，甚至连大英博物馆都有保存。

[梅尔顿历险记中的妖怪——插画]

航海历险

在一望无际的大海上，梅尔顿发现自己离爱尔兰越来越远了，他们一连几个星期都没有发现任何陆地。

巨蚁国

不久，有船员发现在极远处有一个奇怪的小岛，他们其中的一些人兴奋地登上了岸，可是很快他们就恐惧地跑了回来，原来这个地方是"巨蚁国"，岛上到处都是巨型蚂蚁，它们身形巨大得几乎能把船员全部吞入腹中。

梅尔顿带领大家登船，立刻离开了这个蚂蚁岛。

巨马恶魔岛

接着，他们又来到了"飞鸟国"和"巨马恶魔国"。在"巨马恶魔岛"，他们看到了无数怪异的动物和无比巨大的飞马，这些马长得又大又丑而且性格暴躁，看见人就狂踢。他们立刻撤离了这个地方。

遍地鲜血的小岛

不久他们又登上了一个遍地鲜血的小岛，岛上的动物互相撕咬；他们还看到了会变换颜色的羊群和一只沉睡在一望无际平原上的巨猫，有一个船员想靠近点看个究竟，那只猫突然惊醒并一口吞掉了他。

途经了很多岛屿

之后，梅尔顿一行途经了很多岛屿，见识了很多奇闻逸事，如下鲑鱼雨、涌出牛奶和酒的井、永不停息的恐怖笑声、孤独的巨人铁匠、玻璃海洋和身上都是火焰的怪人族等。

最后，梅尔顿找到了杀害父亲的真凶，但他却并没有选择报仇，而是选择了宽恕。

埃及海洋
神话传说

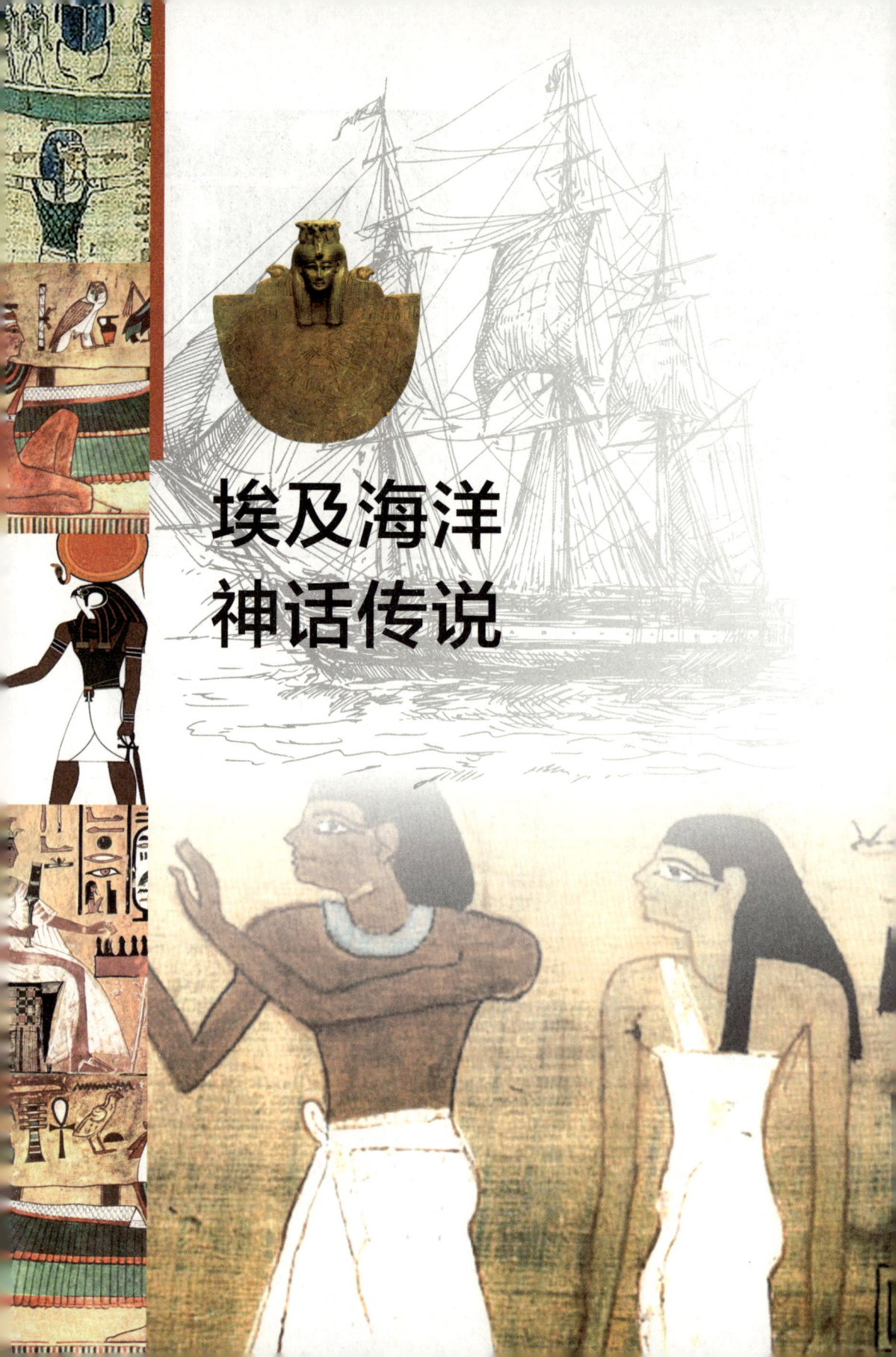

古老的海洋主宰努恩

古埃及人眼中的海洋就是努恩，依赖着它的力量孕育了诸神，但关于努恩的神话只在创世之初。

古埃及人相信，世界有始无终，原本是一片混沌，经过创世之神的创造与整顿，世界才开始存在。

古埃及人的时间观中认为时间是循环往复的，所以偏重未来，尤其是古埃及的法老们，更坚持把自己的身体保存下来，以在未来的世界继续享受。

对于世界的起源，或者说神用什么创造了世界？前页我们了解了中国人、北美人、丹麦人对世界起源的探究，而古埃及人对此也有这样几种说法：

一种认为，神是从叫努恩的原始海洋中取材来创造世界；还有一种说法认为，太阳神从一颗蛋中脱壳而出，然后创造了生命；还有人说，太阳神来自荷花，荷花又来自原始海洋……总之，众说纷纭，此处我们重点说说海洋努恩之说。

根据赫利奥波利斯的宇宙起源说，整个世界原是一片混沌的水，叫做努恩。随后，阿姆特神作为一座山升出水面，阿姆特神独自生出一对孪生子：空气神舒和水汽女神塔芙努特。

努恩作为最早存在的水神存在，是一个神化的概念，象征着原始时代水的深渊。

埃及海洋神话传说

▲ [努恩]
壁画中举着桅船的男人就是努恩。

古埃及社会主要形成三大神学体系：赫利奥波利斯神学、赫尔莫波利坦神学、孟菲斯神学，内容各具特色，反映出埃及人认知世界的独特方式。

埃及海洋神话传说 | 137

伊西斯寻夫

女神伊西斯是人与神的连接，也是法老的母亲，所以在许多金字塔上的铭文镌刻着法老王吸吮伊西斯的乳汁的字样，她也是贤妻良母的典范，因此埃及人最尊崇她。

非凡海洋大系　海洋神话传说集锦

▲ [伊西斯铜牌]
伊西斯戴着一个三分制假发，配有 12 个小鲤蛇。

◀ [女神伊西斯]
伊西斯是古埃及时代的主神之一，也是最原始的女神。

伊西斯是位航海女神，有着美丽的容貌和强大的魔法，她爱上了自己的哥哥奥西里斯，两人形影不离，运用智慧、德行把埃及的牧民教化，传授他们各种谋生技能，慢慢地让埃及变得繁荣昌盛。

后来奥西里斯让伊西斯管理国家，自己和弟弟塞特到美索不达米亚地区去教化其他牧民，但由于塞特嫉妒哥哥的才能，使用毒计诱骗其兄走进了事先准备的金柜，继而派人锁住柜子将奥西里斯封死在里面，扔进了尼罗河，自己当上了国王。

伊西斯听闻丈夫的死讯后伤心欲绝，于是沿河追寻，终于在尼罗河的入河口找到了金柜，并将之载回埃及。

在旅途中，伊西斯化身为鸢鸟，拍动翅膀在奥西里斯身上盘旋，因此受孕，诞下鹰头儿子荷鲁斯，她请求天神让她的丈夫复活。然而，塞特得知后却再次使用毒计，将奥西里斯剁成 14 块，分散到埃及各处，并使其迅速腐烂。但是，伊西斯没有退却，踏上了寻找丈夫尸块的艰难历程。

绝望的伊西斯，为了收集丈夫的身体，天天流泪，据说尼罗河水之所以每年泛滥，皆因伊西斯所致。

渔夫的儿子

埃及民族的神没有高高在上的感觉，并且神的种类很多，只要是勇敢和善良的人就会得到多个神的护佑。

▲ [埃及人的形象]

从前，在一个地中海海边渔村里有两个同龄的女孩，一个祈祷将来嫁给一个国王；另一个则表示愿意嫁给一个渔夫，后来她俩的心愿都实现了。本篇要讲的就是嫁给渔夫的女孩的儿子的故事。

捞出两只金鸡

同渔夫结婚的女人生了一个小男孩，并且辛辛苦苦地靠打鱼将小男孩养大。

有一天，小男孩和往常一样在地中海里打鱼，这次除了鱼，还从网里捞出两只金鸡，小男孩诧异不已，海里怎么会有鸡呢？正想着，一名官员正好经过，看到了这一幕，就想将两只金鸡占为己有，而小男孩死活不给，于是这位官员十分气愤，便到国王那里说小男孩的坏话，想置他于死地。

> 看过电影《埃及艳后》的朋友应该知道，里面的埃及艳后画着浓浓的上下眼影，其实，在埃及，不论男女都是化妆的。他们认为这样会得到鹰神与太阳神的庇护。
>
> 他们所使用的化妆品都是磨碎的矿石，如孔雀石、方铅矿均能制成一种称为眼影粉的东西。接着用木、骨头或象牙做的用具将其涂在眼睛周围。
>
> 女人们还会将自己的脸颊涂成红色，并用指甲花给手或指甲染色。埃及男女都要喷香水，这种香水是由油、没药、肉桂混合制成的。

埃及海洋神话传说

国王听信了谗言，便召来了渔夫的儿子，让他去做一件完不成的事情——去找一匹会飞的马。

> 塞尼特（Senet）是最著名的棋盘类游戏之一，最早发现于古埃及前王朝和第一王朝墓葬中。塞尼特棋是古埃及很流行的一种棋盘游戏。棋盘通常为横三纵十的方格棋盘，其中一边纵行有连续五格作有记号。每方五枚棋子，以形状区分敌我。

找到会飞的马

小男孩伤心极了，在海边哭泣，不知道到哪里去找会飞的马。正巧，迎面走来一位面目慈善的老婆婆，就问他为什么哭，小男孩如实说了。老婆婆生气地说："这个人太坏了。要是没有真主的帮助，你就是去了也会白白送死。你到沙漠的中心会遇见会飞的马，你一定要把随身带的马鞍加在它身上，然后骑着它回来。"小男孩告别了母亲和老婆婆，踏上了漫漫长路。在经历了路上的千难万险之后，他终于来到沙漠的中心，看到了会飞的马，并按老婆婆教他的方法去做了，顺利安全地将会飞的马交给了国王。

国王见他没死，很不高兴，又想了一个坏主意害小男孩，让他去找会跳舞的树枝和会唱歌的水。

小男孩哭着来到海边，又找到老婆婆的住处，请求她的帮助，老婆婆很难过地说："这个国王太坏了，不过真主会帮助你的。你带上一只葫芦和一把刀到七条河的彼岸去。把河里的水盛到葫芦里，砍下河边树上的树枝，然后赶快往回跑，切记，不管听到什么声音都不要回头。"小男孩告别了母亲和老婆婆，又踏上了艰难的征程。

当他顺利地装满水，砍下树枝往回走的时候，听到有一个声音在喊："回头看，渔夫的儿子！"他想到了老婆婆的忠告，头也不回地走了。他刚刚离开，河里的水就暴涨起来。国王看到渔夫的儿子又安全归来，心里更不满了，于是想了一件更危险的事情让小男孩去做，让他去有食尸鬼出没地方，把国王的女儿带回来。

做了国王

小男孩又伤心地到老婆婆那里征求意见，老婆婆叹了一口气说："真主保佑你，你在去那个遥远的地方的路上会分别遇见一个大肚子、大眼睛、大耳朵、长腿的食尸鬼。你不要怕他们，只要给他们理发洗头，然后坐在他们身旁，他们就会将你带到国王女儿住的村庄。"果然不出老婆婆所料，渔夫的儿子在路上先遇见了一个大肚子的食尸鬼在睡觉。他轻轻地给"大肚子"理了发洗了头，然后坐在旁边耐心等待。不一会食尸鬼醒了，他既凶恶又惊奇地问渔夫的儿子："是谁让你上这来的？""真主！"小男孩答道。小男孩给食尸鬼讲了自己的

[埃及人下棋——雕像]

古埃及人会玩各种各样的棋类游戏,例如"盘蛇图"、"狗和豺"等。但其中最受欢迎的当属"塞尼特",这个游戏全靠运气取胜。

经历,令食尸鬼佩服得五体投地,成为了小男孩的随从。

就这样沿路走着,男孩居然将四个食尸鬼都收做了随从。

当他们来到国王女儿居住的那个村庄,就径直向村民们索要国王的女儿。一开始村民们见四个食尸鬼都被收服很吃惊,后来听到他们提出的非分要求后就决定把他们五个人害死。

大耳朵食尸鬼竖起耳朵一听,说:"他们要烧死我们。"

大眼睛食尸鬼睁大眼睛看了一会说:"他们搭了一个棚子。"

而大肚子食尸鬼却充满信心地说:"他们想干什么就干什么吧,不要怕。"

当村民们请他们进那个大棚子的时候,他们毫不畏惧,坦然进去了。当村民们点起火烧他们的时候,大肚子食尸鬼就将提前喝下的水全喷出来,浇灭了火焰。

村民们见自己的计划被轻易地破解了,都十分害怕,但他们又迫于国王的压力,不愿随便交出公主。这时大眼睛食尸鬼又睁大眼睛四处一瞧,很快发现国王女儿的住处,长腿食尸鬼一伸脚就到了公主的住处,并将她带走了,国王听到他的女儿被带走了,就气死了。

一个国家没有了首领是不行的,所以在四个食尸鬼的提议下,大家都拥立聪明勇敢的渔夫的儿子做了国王,并把国王的女儿嫁给了他。

从此,渔夫的儿子不再是一个国王的臣民了,而成了一个国家的统治者。

古埃及天地形成的故事

> 埃及神话没有完整的体系，神明缺乏联系，有时还会自相矛盾。古埃及相信太阳创造了一切……

古埃及人习惯王朝交替时迁移首都，首都一旦迁移，王朝信仰也随之而变。

古埃及也没有统一的神话体系。随着时间推移，各地神学逐渐融合，所以常常出现神明改名，神明故事修改的状况。以下是古埃及普遍认为的一种比较靠谱的天地形成的神话故事。

在远古时期，没有天地，只有一亘古即存的水，他是努恩神的化身，水上有一个发光的蛋，拉便是从其中诞生的。他是造物之主和众神之父，也是太阳神，是古埃及神话中最重要的神。

没有天地，没有立足之地，拉就从虚无中创造了一切，之后拉生下孪生儿女风神舒和雨神泰芙努特。

风神舒和雨神泰芙努特生下地神盖布和苍天之神努特。

盖布和努特结合又生下冥王奥西里斯和王后伊西斯，还有恶神塞特和其配偶娜美提斯。

之后拉吩咐天和地从一片废水中升起，拉首先让自己的光普照大地，然后让风神把苍天之神努特举起，努特形成一个拱顶，而地神盖布则平躺在下，这样天地就形成了。

▲ [太阳神拉]

拉被认为是众神之父，是埃及的第一代国王，因此在埃及法老的徽章上都标明了"拉之子"的字样，如同中国古代的"天子"。

传说拉每晚日落后进入苍天之神努特的口中，第二天早晨又从她的阴门中重生。努特同时也如此吞咽和再生着月亮和星辰，从而形成了昼夜。

拉的名字在清晨叫做卡佩拉，中午时叫拉，到了傍晚时则叫塔姆。

非凡海洋大系　海洋神话传说集锦

印度海洋
神话传说

伐楼拿好色的代价

非凡海洋大系　海洋神话传说集锦

伐楼拿是印度神话中天界的统治者，维持着宇宙法则和道德法则。但在美女面前，伐楼拿一样会犯错。

在印度神话中，伐楼拿有着至高无上的地位，他以火神为面，以日神为目，以风神的方式呼吸。平时他深居海底宫殿，掌管普天下的海洋江河。

有一次伐楼拿把一个叫跋陀罗的女人抢入海底宫殿，与其尽情欢娱。这位美女有着艳丽的外表，但却已名花有主，她本是优陀提耶的妻子。

优陀提耶到伐楼拿居住的海底宫殿要人，遭到拒绝，优陀提耶便一口气喝光了海水，使伐楼拿的海底宫殿暴露于阳光之下，但这并没有使伐楼拿退却。

优陀提耶大怒，使出浑身解数将天下的海洋江河的水全部喝光，这才使伐楼拿慌了手脚，只好屈服，送还了他的妻子。

▲ [伐楼拿]
伐楼拿是天空、雨水及天海之神，也是掌管法规和阴间的神。常以一条叫魔迦罗的鳄鱼、鲨鱼或海豚的怪兽为坐骑，兴波弄浪，周游于陆海之间。

根据印度的神话传说和习俗，在雨季到来之前给青蛙举行婚礼，就能取悦海洋之神伐楼拿，带来充沛的降水，保障当年的庄稼收成。

摩奴方舟

在西方有著名的"诺亚方舟"的故事，而在印度，也有一个印度版的"摩奴方舟"的故事。

摩奴在印度神话中是人类的始终，共转世14世，每世432万年。当他转世到第7世时，摩奴在河边修炼严峻的苦行，汗水浸透了破烂的衣衫，于是他来到河边洗手。一条小鱼对他说："尊者啊，我的周围都是凶猛的大鱼，他们总是不停地吞噬我们这些小鱼，我想求你帮忙，让我离开这恐怖的河吧。如果你救了我，我一定会报答你。"

听了小鱼的话，摩奴伸出手把小鱼从水中捧了出来，放进自己的水罐里。摩奴细心喂养它，小鱼在水罐中渐渐长大。

过了些时候，这只罐子和罐子中的水已经盛不下小鱼了。小鱼又跟摩奴说："尊者啊，请你再给我找个住处吧。"摩奴又捧着小鱼来到一个水塘边，把小鱼放进了水塘中。鱼儿在水塘中自由自在地生长。

又过了一段时间，水塘对这鱼儿来说也变得太小了，鱼儿又向摩奴请求道："尊者啊，我又长大了，请带我去恒河生活吧！"摩奴依言将鱼儿放进了恒河中。在这里，鱼儿长得更大了。

当小鱼再次见到摩奴时，它说道："我的身躯现在无法在恒河生活了，请把我带到大海里去吧。"摩奴又一次亲手将大鱼从河中捧出，将它带到大海之滨，放进宽阔的海洋之中。

▲ [被洪水毁坏的世界]

> 摩奴是印度神话中的人类始祖。根据印度《梨俱吠陀》记载，摩奴是第一位祭献者，也是第一位国王。他作为人类始祖，与希伯来传统中的诺亚几乎具有完全相同的特征。

印度海洋神话传说

非凡海洋大系　海洋神话传说集锦

▲ [摩奴方舟]

由摩奴传阅的《摩奴法论》共十二章，是印度人生活法规之基准，缅甸之佛教法典即依此法典作成，《暹罗法典》亦根据《摩奴法论》而作，爪哇亦有《摩奴法论》，巴厘岛仍实际应用之。

在摩奴将要离开之时，鱼儿又说话了："尊者啊，承蒙你的爱护，多次保护我的生命，现在我要报答你。不久的将来，这块大地以及大地上的所有生物都将被毁灭。洪水将来临，一切生物都逃脱不了被洪水吞噬的命运。你要建造一条非常结实的大船，然后你和北斗七星这七位仙人登上船，你还要把各种植物的种子带上船并妥善保管。一切准备好了之后你在船上等我，到时我会来救你。"

摩奴按照大鱼的话搜罗齐各种种子，造了一条异常坚固的大船。洪水来了，地上的一切都被淹没了，摩奴的大船漂浮在水上。他看见一条鱼像山一样靠近了船，这就是当初他救过的那条鱼。摩奴用缆绳把船牢牢地系在大鱼的犄角上，大鱼开始奋力向前游。鱼儿不知疲倦地在洪水中拉着船前进，这样过去了好多年。

洪水退去，人间的生灵都消失了。摩奴又从天神那儿求得一位姑娘，他们

▲ [化身为鱼的毗湿奴]

一起生活，才繁衍出后来的人类。

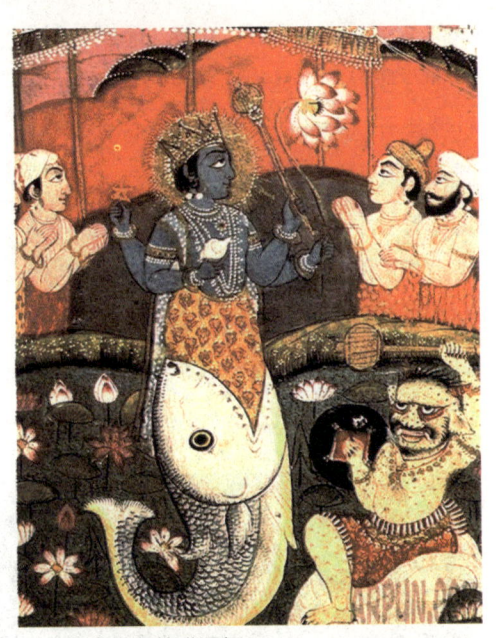

由此可以看出印度神话中也有关于大洪水的记载，这使得我们有理由怀疑，在人类漫长的发展史上，真的有场灭世洪水，而在那场洪水中也有得以逃生的人类。

海螺

印度教中的海神是个控制天和水的大神，他也是个善良的神。

▲ [海神伐楼拿雕像]

印度海洋神话传说

在奥里萨沿海的一个小村庄里，有个名叫玛吐阿的人。他很笨，连最简单的事都做不好，却娶了位贤惠的妻子，她经常去帮人家干活，挣钱养家糊口。

由于连年劳累，妻子病了，身为丈夫的玛吐阿知道，该是自己出力的时候了。于是他四处奔走，苦苦请求雇主们，由于玛吐阿比较笨而且动作慢，始终没有人给他一份工作。可怜的玛吐阿难过极了，他不能看着虚弱的妻子病死在自己面前，于是起了轻生的念头。玛吐阿走到海边，坐下痛哭起来："老天爷！我怎么活啊！没有钱，因为笨又找不到工作。这样活着还有什么意思！让我结束这痛苦的一生吧！"说完，他纵身跳进了大海。

海神听到了他的哭声，很同情他，决定帮他渡过难关，于是掀起一个大浪，把玛吐阿冲到海滩上，又喊来清风吹醒他。

玛吐阿睁开眼睛，看到一个高个儿十分美丽的人站在面前，他的皮肤是蓝色的，脖子上戴着用珍珠和宝石做的项圈，项圈像星星一样在他蓝色的身体上闪闪发光。蓝皮肤的人对他说："玛吐阿，不要悲观。我是海神，海洋里有无数的财富。我送你一样小小的礼物，它会使你的生活变好。你把这个海螺拿去，它可以给你任何想要的东西。"

玛吐阿十分感激，他恭敬地向海神鞠躬，等他抬起头来的时候，海神已经不见了。玛吐阿手里拿着海螺，高兴地回家了。到了家里，他拿起海螺叫道："给我一百个金币吧！"地上果然出现

印度海洋神话传说 | 147

非凡海洋大系

海洋神话传说集锦

了一百个金币。他用这些钱为妻子请来了最好的医生，买来了最好的药，妻子很快就恢复了健康。

靠着海螺的帮助，玛吐阿很快富裕起来，他们有了一所漂亮的宅院，穿着华丽的衣服，吃的是精美的食物，还有很多仆人伺候。善良的玛吐阿并未忘记自己的从前，因此常常向穷人们施舍。不管何时，只要有人向他乞讨，就不会让别人空手而回。

后来，玛吐阿有个海螺的消息传到了国王的耳朵里。国王派人到玛吐阿家里偷走了海螺。玛吐阿虽然知道，却不敢去索要，失去了海螺，他又陷入了贫困，也无法再施舍穷人了。玛吐阿很难过，他又想到了自尽。

于是玛吐阿再次来到海边，这时上次送他海螺的海神又出现在他面前。海神给了玛吐阿一个更大的海螺，并吩咐他道："你去把这个海螺送给国王，换回原来的那个海螺。当你得到那个海螺之后，就立即离开这个国家。"玛吐阿按照海神的吩咐，把第二个海螺送给了国王，告诉他这个海螺的魔力更大。国王非常高兴，就把原来的那个小海螺还给了玛吐阿。

玛吐阿走后，国王拿出大海螺，向它要金银和宝石。但是海螺没有满足他的要求，相反，海螺里突然伸出两只蓝色的手，狠狠扇了他两个耳光，随即海螺中传出声音："贪婪的国王，你的财

▲ [伐楼拿度化他人]

富还不够多吗？竟然还贪图别人的财产。我要教训你。你再敢如此贪婪的话，将遭到更厉害的痛打。"国王怒不可遏，认为玛吐阿欺骗了他，就派兵去捉拿玛吐阿，但是玛吐阿已经离开了这个国家，到了很远的地方，国王也查不到他的消息。

玛吐阿和他的妻子在一个偏僻的地方过上了愉快幸福的生活。

投山仙人喝光海水的故事

投山仙人是印度神话中最强大的仙人之一。在天神军团和阿修罗军团战斗时，投山仙人喝光海水，露出了阿修罗军团的藏身之处……

印度海洋神话传说

《梨俱吠陀》，全名《梨俱吠陀本集》，是《吠陀》中最重要的一部作品，是印度最古老的一部诗歌集。它的内容包括神话传说、对自然现象和社会现象的描绘与解释，以及与祭祀有关的内容，是印度现存最重要、最古老的诗集，也最有文学价值。

投山仙人的名字在《梨俱吠陀》里就已出现，而且他是《梨俱吠陀》第一卷中许多颂歌的作者。

比如《梨俱吠陀》中记载，一次投山仙人向天神因陀罗献祭，结果触怒了也想要这批祭品的风神摩录多，引发了摩录多与因陀罗之间的一场争执。

关于投山仙人的故事不多，不过投山仙人喝光海水的故事，在印度却是家喻户晓。

远古时代，天神因陀罗与阿修罗之间发生了残酷的大战。

阿修罗纠集了大军向天神发起了挑战，天神军团被打败了。

于是天神因陀罗请来了工巧大神陀湿多，用食乳仙人的骨头做成金刚杵，打败了阿修罗来犯大军。

阿修罗带领大军逃入天神因陀罗力不能及的大海，躲藏在里面，仍然不时出来作恶。

在众神请求下，投山仙人来到海边喝光了整个大海的水，暴露出

▲ [投山仙人]

躲在海里的阿修罗和他的军队，天神一拥而上，奋力厮杀，使阿修罗的军队几乎被天神消灭殆尽。

阿修罗，是欲界天的大力神或是半神半人的大力神。阿修罗易怒好斗，骁勇善战，但阿修罗也信奉佛法，是天龙八部之一。

投山仙人的另一个小故事

投山仙人看见祖先倒悬于下临万丈深渊的悬崖边上，大为不解，于是问其原因。祖先告诉他，就是因为他没有娶妻生子，担心将来没有人侍奉，所以才用这种方法督促他结婚生子。投山仙人于是挑选各种动物最精华的部分造出一个女婴，然后把女婴送给毗陀里婆王抚养，等女婴长大，成为千娇百媚的绝色少女后，投山仙人便娶了她。

印度海洋神话传说 | 149

恒河之水奔向大海的传说

非凡海洋大系　海洋神话传说集锦

恒河在印度人心目中是无比圣洁的河，被印度人民尊称为"圣河"和"印度的母亲河"。关于它的许多神话流传甚广，造就了印度人一生中至少要在恒河中沐浴一次，让圣河洗净生生世世所有的罪孽的愿望。

传说恒河是喜马拉雅山和他的妻子须弥山的女儿。恒河在印度人心目中是无比圣洁的河，她流经天、地、阴间。

天神和阿修罗之战

相传，天神与阿修罗进行了旷日持久的战争，阿修罗们以大海为掩护，使得天神束手无策，天神请来投山仙人把海水吸进肚子里，没有海水保护的阿修罗们被天神打败了，但海水却无法再回到海里。天神们只好向梵天请教，梵天对他们说只有等到阿逾陀国王跋吉罗陀出世之后，他才能使大海重新注满水。

萨竭罗国王求子

话说阿逾陀城的国王萨竭罗，有两个妻子，却没有子嗣，这件事令他揪心不已。为了有自己的孩子，国王带领这两个妻子来到喜马拉雅山，用苦修的方式希望得到大仙的眷顾，终于，经过100年的苦修，感动了特力瞿大仙。大仙告诉他，这两位妻子中的一个将生一个儿子，能给他延续香火，而另一个能够生六万个儿子。至于谁生一个，谁生六万个则由她们自己选择。于是，萨竭罗的

▲ [恒河降水——壁画]

妻子克希妮选择生一个儿子，而另一个妻子苏马蒂选择生六万个儿子。

有了一个和六万个儿子

国王高兴地带着王后回到自己的国家。不久，果然如大仙所言，克希妮生了一个儿子，面如天神，苏马蒂却生了一个大大的南瓜。

苏马蒂生了个大南瓜的消息令萨竭罗国王大发脾气，准备命令仆人把南瓜搬到宫外摔烂。但上天指导萨竭罗国王，将南瓜子种下，果然，不久南瓜子都发了芽，长出六万个样子丑陋而可怕的孩子。

克希妮的儿子因为面如天神而被封为王太子。但王太子生性顽劣、残暴。他经常把小孩拐走杀掉，这令国王萨竭罗大为愤怒，就把他赶出了宫殿，永不准他回国。

寻得祭马

所幸的是王太子的儿子安舒曼与他父亲的品质迥然不同，他正直、温和、富有同情心。他受到国王爷爷的宠爱，同时，上至王公大臣，下至平民百姓，都衷心喜爱他。

阿逾陀国举行祭马盛会，按照祭典的惯例，先把马放出去，然后必须由国王的子孙将马找到，国王的六万个儿子在找马途中因对苦行者伽毗罗无礼，被伽毗罗一把火烧成了灰烬。

▲ [恒河的诞生]

关于恒河的起源，据传说有这样一个故事：印度教大神湿婆和乌玛交媾，一次就达100年之久，中间从不间断，众神对湿婆的生殖能力感到惊慌，就央求湿婆把他的精液倾泻到恒河之中，这就是恒河之水从天而来的原因。

国王萨竭罗只能安排孙子安舒曼再去找。

因为安舒曼举止谦恭，话语诚恳，伽毗罗答应满足安舒曼两个愿望。安舒曼的第一个愿望是要求把祭马带回去，第二个愿望则是问有什么方法能帮助国王的六万个儿子的灵魂洗脱罪孽，升入天国。

伽毗罗满足了安舒曼的第一个愿望，但第二个愿望必须要等天河的水落入恒

印度海洋神话传说

印度海洋神话传说 | 151

河才能洗去他们的罪行。

跋吉罗陀的苦修感动神仙

时光荏苒，萨竭罗死后，王位传给了安舒曼，经过几代传承，终于轮到了一位叫跋吉罗陀的掌权。他是一位英明的君主，但祖辈们的不幸遭遇始终令跋吉罗陀不能释怀。他来到喜马拉雅山麓，在冰雪中苦修了1000年。

跋吉罗陀的行为终于感动了喜马拉雅山的女儿也就是恒河女神，女神告诉他，要想救赎先人的灵魂，只有恒河的圣水才能洗去他们的罪过，但是必须要有湿婆的允许才能降下圣水。

于是，跋吉罗陀去寻找湿婆大神。湿婆对跋吉罗陀的苦行深为感动，就答应了他的请求。于是，恒河女神降临雪峰之巅，她把恒河水从天上倾泻下来。为了不使河水冲坏大地。湿婆用前额承受河水的巨大冲力，河水沿着湿婆的身体缓缓流到地上，流向大海。

恒河水滔滔不绝向前流淌着，最后流入干枯的大海，大海重新盛满了水。河水也开始沿着裂缝渗透到地下世界，并洗刷萨竭罗国王六万个儿子的骨灰，王子们的罪过洗刷掉了，他们终于升入天国。从那以后，恒河水就在大地上奔流、注入大海之中。

> 恒河在印度人眼中有着自洁能力，但随着污染的日益严重，垃圾泛滥，河水浑浊，圣河亦难自洁，成了世界上污染最严重的河流之一。

▲ [谁在恒河的水中死去，得天堂]

1903年在瓦拉纳西恒河岸边进行火葬的准备工作。正在为死者沐浴，用布包裹，并用木头覆盖。恒河在印度被称为"圣河"，是印度人崇拜的圣浴之地，因此照片的名称即为"谁在恒河的水中死去，得天堂"。

搅拌乳海

搅乳海又称搅拌乳海、乳海翻腾，是印度神话里的著名故事。可见于《摩诃婆罗多》《毗湿奴往世书》《罗摩衍那》。

天神、阿修罗、乾达婆和阿卜婆罗都无忧无虑地生活在须弥山上。山上生长着各种奇花异草。又有溪流瀑布奔腾飞泻，悬崖峭壁上还镶嵌着闪闪发光的宝石，真是一座美妙的宝山。

天神因陀罗得罪了敝衣仙人陶尔梵刹斯（湿婆的分身之一）。湿婆的诅咒立刻降临，天神因陀罗以下的众天神，乃至三界因此失去了活力，不能长生。

天神们和阿修罗为了能再获长生不

▲ [湿婆]

湿婆为印度教毁灭之神，在《梵书》《奥义书》两大史诗及往世书中都载有他的神话。据说他有极大的降魔能力，额上的第三只眼能喷出毁灭一切的神火，曾烧毁三座妖魔城市和引诱他的爱神，得三魔城毁灭者之称。

▶ [罗睺]

罗睺是古印度神话中的恶魔，相传为"达耶提耶王毗婆罗吉提"与"达刹之女辛悉迦"所生之子，他又被称为"行星、流星之王"，是西南方的守护神；他长有四只手，下半身为蛇尾，好为非作歹。

印度海洋神话传说

非凡海洋大系 海洋神话传说集锦

老，必须取得长生不老的甘露，便约定一同搅拌乳海以获得仙药，约定事后均分甘露。

天神毗湿奴让大家把从须弥山上采来的草药投入乳海，拔取曼荼罗山作为搅海的杵，自己化身为巨龟，沉入海底承受搅杵的重量，龙王婆苏吉缠绕在曼荼罗山上作为搅杵的搅绳。

阿修罗指挥自己的队伍持龙头，诸天神持龙尾，一起搅拌乳海。这工作持续了数百年，靠近须弥山的生命因为搅拌剧烈而死伤无数。

龙王被搅得头晕，吐出的毒液就要滴进乳海，这毒液足以毁灭三界。情势危急，湿婆虽然在惩罚天神们，但是也不希望看到三界毁灭，情急之下将毒液喝了下去。三界才得以保存，但是湿婆的喉咙被灼成了青紫色，因此又被称为青喉者。

最后甘露终于炼成了。但天神与阿修罗都想独占甘露，于是爆发了战争，最后天神获得了胜利，赶走了阿修罗和他的队伍。但是阿修罗队伍中的罗睺却变成天神的模样，混在天神队伍中，被日神和月神发现了，告诉给毗湿奴。罗睺刚张开口，一口仙露尚未来得及下咽，头便被毗湿奴砍下。

滚落的罗睺的头因为有仙露的滋养不但没死反而长生不老。罗睺的头为了报仇，便吞食日神和月神，造成日食和月食。

▲ [毗湿奴]

毗湿奴的肚脐上长了一株莲花，梵天（亦为三大主神之一）由此而生，创造了新世界。

毗湿奴是叙事诗中地位最高的神，掌管维护宇宙之权，与湿婆神二分神界权力。毗湿奴和神妃吉祥天住在最高的天宿。其性格温和，对信仰虔诚的信徒施予恩惠，而且常化身成各种形象，拯救危难的世界。

154 | 印度海洋神话传说

帝释天与阿修罗之战

阿修罗因和仙女成婚，改变了家族基因，使得其后生出很多貌美诱人的女儿，由此引发了阿修罗与帝释天之间一场又一场的战斗。

据《观佛三昧经》说，世界刚刚形成山、海、大地时，天上一位仙人在大海畅游时，因"水精"入身而生一肉卵。这肉卵经8000年成长后，终于生出一个女怪，这个女怪身长有如须弥山，有1000只眼睛、24只脚，头、口与手数目皆为999，相貌非常骇人，这个女怪即为阿修罗始祖。

这个女怪后来产下一男怪，名毗摩质多（阿修罗），可自由来去天上人间，他看到天上有无数仙女，就和母亲说要娶仙女。女怪便替其子向乾达婆说媒，希望他女儿能接受毗摩质多求婚，乾达婆欣然替女儿同意了婚事，此后因为有了仙女基因的影响，使得阿修罗一族日渐繁盛。

毗摩质多与仙女婚后便生下了一个风情万种的女儿，使得天界帝释天为之倾心，娶为嫔妃。不料帝释天婚后喜新厌旧，阿修罗的女儿将委屈告之父亲，阿修罗听了女儿的诉苦，便带人将帝释天所居的须弥山团团围住，希望帝释天能有所收敛，没想到帝释天根本没把阿修罗放在眼里，他口念般若波罗蜜咒，空中忽然飞出四把大刀，飞旋着差点削

▲ [乾达婆]
乾达婆指的是印度教中一个男性乐神。

印度海洋神话传说

非凡海洋大系 海洋神话传说集锦

了阿修罗的手足，幸好阿修罗遁入藕孔中，方避过此难。

然而天神与阿修罗的战争，并未自此画下休止符。

时隔不久，帝释天又爱上罗睺罗的女儿，因前面毗摩质多女儿的不幸，罗睺罗不但将来提亲的神仙全部驱逐出门，还立刻发兵攻打帝释天。帝释天又念起了神咒，于是阿修罗军又退入莲藕孔中躲藏。攻入阿修罗宫殿的帝释天发现罗睺罗众多女儿都很妩媚，便尽数掳走了。

无奈之下，罗睺罗只能派出使者前往求和，并答应将帝释天看上的那位女儿献于帝释天。帝释天也不愿意和阿修罗族发生战争，于是释放了掳来的所有的罗睺罗的女儿。罗睺罗因为连自己的家人都保护不了而万念俱灰，开始礼佛。

阿修罗族与帝释天的战争总算暂时告一段落了。

> 阿修罗，说他是天神，却没有天神的善行，反而和鬼蜮有相似之处。说他是鬼蜮，可他具有神的威力神通。说他是人，虽有人的七情六欲，但又具有天神、鬼蜮的威力恶性，是魔界的王。因此，他是一种非神、非鬼、非人，介于神、鬼、人之间的怪物。
>
> 民间往往把阿修罗等同于妖魔鬼怪、异类怪物和一切非正面的魔鬼。

▶ [帝释天]
帝释天全名为释提桓因陀罗，简称因陀罗，意译为能天帝。

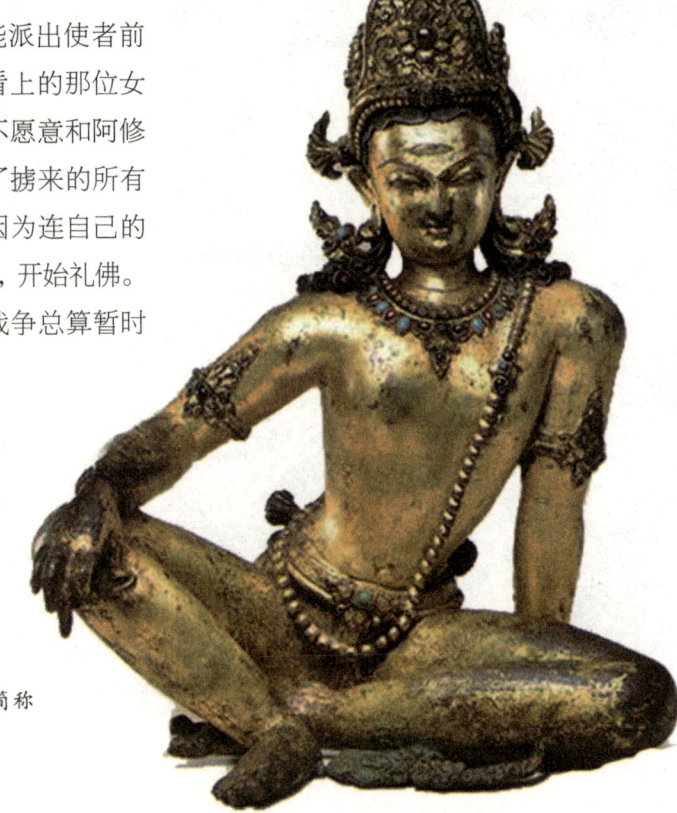

印度海洋神话传说

帝释天屠旱龙

帝释天是最早侵入印度从事游牧的雅利安人的神。他是雷神，给干燥的牧场送来了雨水。他也是丰产之神，是人类的朋友。

根据《吠陀》中的神话记载，帝释天在生下来以后立刻就打了一次大胜仗。旱魔夫利特拉是一条龙，它在自己山上的城堡里关着许多"云牛"，这些云牛是他从雅利安人那里掠夺来的。

没有了"云牛"滋润的人和兽都疲乏无力，在难熬的炎热气候中等候天神解救。他们还面临着饥荒的威胁。人类走投无路，只能恳求天神们来保护。

帝释天听到了人类的祈祷，他一下子抓住了天神们的酒瓶，把那醉人的琼浆深深地喝了一口。然后拿起了他的兵器"雷石"，勇敢地站出来，表示愿意为人类作战。

> 雅利安人又译为亚利安人，原是南俄罗斯草原的一个古老的游牧民族，后逐渐南迁征服南亚次大陆，和当地人融合成了今天体征独特的南亚次大陆人。
> 古代雅利安人已经认定为棕黑发色。
> 古代文献对雅利安人称谓有塞种、萨迦、斯基泰。

帝释天带领着马鲁特兄弟来到了旱龙夫利特拉的城堡。

旱龙夫利特拉看见帝释天来到，大吼一声。这吼声使得天国震动，众神都默不作声，悄悄逃跑了。大地女神普莉齐薇很为帝释天担忧。但是帝释天也吼叫着和马鲁特兄弟冲向了旱龙。

当帝释天与旱龙交战时，马鲁特兄弟劈开旱龙的城堡，放出了"云牛"，禁闭的"云牛"们冲了出去，骤雨倾盆而下。

旱龙以为自己是刀枪所不能伤害的，但是喝过天国琼液的帝释天身体内充满着力量，他挥动着"雷石"，把旱龙直接打死了。

这时洪水暴发，把旱龙的尸体冲走了，一直冲到那永远黑暗的海里去了。

从此雅利安人又过上了幸福的生活。

马鲁特兄弟是暴风雷和雷的神灵。

▲ [帝释天雕像]

印度海洋神话传说 | 157

大意舀海

非凡海洋大系

海洋神话传说集锦

这是一个流传于印度周边的神话故事，这个故事和中国古老的寓言《愚公移山》很相似。"大意"是一个17岁的少年，他确立了"我当布施天下，救济人民"的信念，到处找宝物来布施，后来找到四颗"明月珠"。

相传有一个名叫欢乐无忧的国家，有一位相貌非凡的少年，名叫大意。在他十七岁那年，他对父母说："我要布施穷苦的人，让他们得到安乐！"

父母说："我们家财产无数，随你的意思布施，我们不阻挡你。"大意说："父母的财产虽然很多，还是不够我使用。我只有到大海里去取得七宝，才足够用来布施给天下百姓。"

这样反复讲了几次，父母才答应了他。于是大意便向父母行礼，告别了父母。

途中，富人婆罗门见大意相貌端正，欲将女儿许配给他，希望他留在这儿。大意回答说："我要到大海里去求取七宝，现在不敢答应你。"

大意继续前进，到了大海，采得七宝，派人把宝物送回国，然后他自己一个人又辗转来到很远的海边，寻找奇异的宝物。

忽然，大意远远望见一座银城，城中的宫阙殿舍都是白银做成，天女们在城旁悠然起舞。有一条毒蛇，盘绕城三圈，看见大意，便抬起头来望着大意，不一会儿，蛇就低头睡卧。

国王听说大意制伏了大蛇，便亲自出来迎接，国王取出七种珍宝，要送给他。大意拒绝了国王的七件宝物，说："闻王有一明月珠，意欲求之。"

国王说："我不是舍不得这颗宝珠，只怕道路艰险，这颗宝珠二十里内的宝物都会跟随它去，我把它献给您，若是

▲ [《大意舀海》图书封面]

158 | 印度海洋神话传说

以后您得了道，我愿做您的弟子，在那时候供养您，更超过现在。"大意收下明月珠，欢喜而去。

大意后来又从金城、水晶城、琉璃城的国王手上各获得一颗宝珠。

大意带着四颗宝珠打算回国去。路上经过大海，海神变成人的模样来见大意，对大意说："听说您得到了奇异的宝物，可以让我看一看吗？"大意摊开手，把四颗宝珠给海神看，海神抓住大意的手一抖，宝珠就掉进了水中。大意对海神说："我辛辛苦苦，经历危险，才得到这明月珠，今天你要是不归还我，我就要舀干这海水！"海神听了这话，说道："你好大的口气！大海的水怎么样也是舀不干的！"

大意大笑，回答海神道："如不还珠，我要搬移须弥山，舀干大海水，决不退却！"

说罢，大意便一心一意，用勺舀海水。

大意精诚之心感动天地，到了第十四天，四大天王便从天上下来帮助大意。海水便被移去了三分之二。这下，海中众神十分震惊害怕，共同商议说："赶快把宝珠送给他吧，不然把海水舀尽了，泥沙露出来，我们的宫殿房子便会被破坏了，我们就无处栖身了。"海神拿出各种宝物送给大意，大意不接受，说："我不要这些东西，只想要我的宝珠。你们如果不还我的宝珠，我就永远不停止舀海水。"

海神们知道了大意的决心和意志，只能把宝珠还给了他。大意得到宝珠后，顺路娶回那个婆罗门的女儿，回到自己的国家，尽情地布施。

从此以后，国境内再没有饥寒贫乏的人。四方的百姓都离开自己的家乡，背着孩子，来到他那儿。大意年年这样布施，连天上飞的子了、地上爬的虫子也得到了他的好处。他死后便成了天上一尊神——帝释天。

印度海洋神话传说

◀ [《乾隆大藏经》]
大意舀海在我国的《乾隆大藏经》《佛说大意经》中都有记载。

印度海洋神话传说 | 159

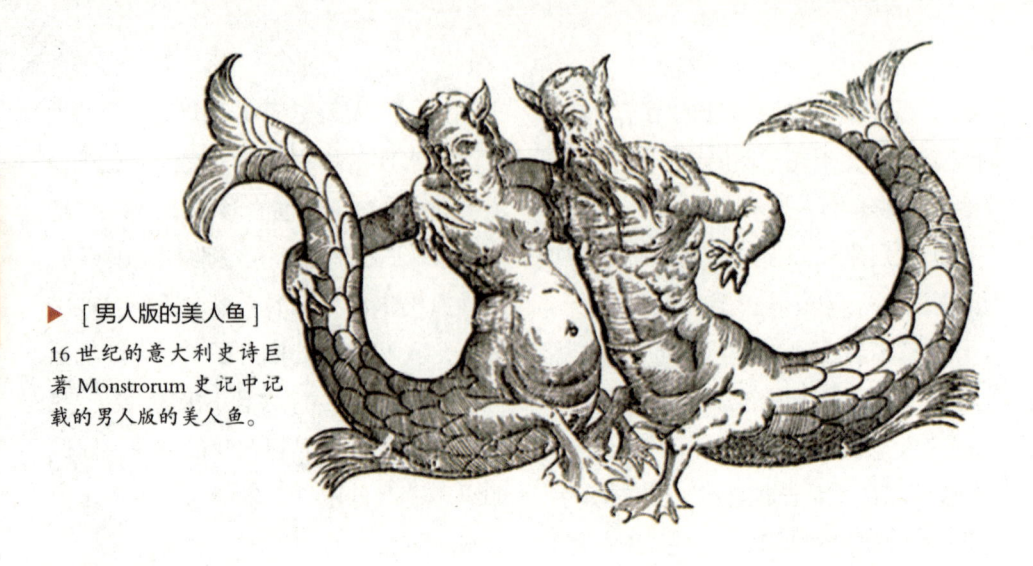

[男人版的美人鱼]
16世纪的意大利史诗巨著 Monstrorum 史记中记载的男人版的美人鱼。

鱼王子

> 这个印度神话故事讲述的是乞丐的女儿，让鱼王子变成了王子，然后过上了幸福的生活，后来女孩遭到继母的毒手，王子一直苦苦思念着女孩，最后两人重逢的故事。

从前，有一个国王，他的妻子美丽而贤惠，夫妻两人非常恩爱，遗憾的是他们没有子嗣。

有一次王后看到仆人买回来一条鱼，那条鱼盯着王后好像在流泪，王后于是命人把鱼养在水缸里面，王后还给这条鱼取名叫鱼王子，在王后的细心饲养下，这条鱼长得出奇的快，几天后，水盆就显得太小了。王后特意叫人为它造了一个小池子，可是没过几天，小池子又显得小了。王后只好命人修造了一个又漂亮又牢固的大池塘，这次，鱼王子可以在池塘中尽情地游耍了。王后每天都要去看鱼王子，并亲自喂食。

王后把鱼当做自己的亲生儿子一样看待。鱼王子每次看到王后，也会高兴地在水中游来游去。

有一天，鱼王子竟把头探出水面，对王后说："母后，我一个人待在水里，烦闷得很，请你替我娶个媳妇吧。"

王后便答应了它的要求。可是谁愿意嫁给一条鱼呢，王后准备了大量的金币，打发佣人到各地去给鱼王子寻找媳妇。在海边有一个乞丐，为了获得金币，愿意把他漂亮的亲生女儿嫁给鱼王子。

女孩知道父亲把他许配给了鱼王子，怕鱼王子会把自己吃掉，便坐在海边，眼泪滴答滴答地往下掉。刚好岸边有一

非凡海洋大系
海洋神话传说集锦

[希腊硬币上印有人类头部的鱼]

个蛇洞,洞中住着一条有七个头的蛇王,蛇王见她哭得如此伤心,很同情她,便爬出来问她为什么这样伤心。女孩把自己的不幸全告诉了蛇王。蛇王听后,给了她三粒小石子,要她把石子藏在纱丽里,然后又对她交代了一番。

女孩来到王宫后,来到鱼王子的池塘边,时间不长,水面上冒出了一个很大的鱼头,女孩按照蛇王的吩咐,掏出一粒石子,对准大鱼的脑袋扔了过去,那鱼王子立即向水里沉了下去;不大一会儿,大鱼的头第二次浮出水面,女孩又扔出了第二粒石子,鱼王子又沉了下去;当它第三次浮出水面时,女孩的第三粒小石子也再次砸中了它的脑袋。鱼王子这次没有下沉,而是变成了一个英俊的小伙子!他站在女孩面前。从此女孩便和鱼王子两人恩恩爱爱地生活在王宫里。

再说,女孩父亲获得了王后的金币后,给女孩找了个后娘,后娘也有一个女儿。

有一次女孩带着金银珠宝回来看自己的父亲,没想到后娘听说她生活得很好,心里非常忌妒,她把女孩推入海中杀死,让她的亲生女儿取代女孩。王子一怒之下,将妻子那歹毒的后母处以极刑,为爱妻报了仇。光阴荏苒,不知不觉三年过去了,王子思念失去的妻子,非常伤心失望,整日心神不安。

有一天王子在海边看到了一个小孩和自己的妻子很像,于是就跟过去看个究竟。原来他妻子没有死,这个小孩便是他和妻子的孩子。两人喜极而泣,紧紧拥抱在一起。

原来他的妻子被推到水里后,被七头蛇王给救了,蛇王全家都很同情她的遭遇,决定让她暂住在自己家中。

王子高高兴兴地带着他的妻子和小鱼王子回到了王宫,他们和国王、王后一起,从此过上了幸福的日子。

如意珠

非凡海洋大系　海洋神话传说集锦

龙王无论在中国神话还是印度神话中都有许多的故事，在印度神话中，龙王的造型更像蛇王。

从前有一个穷乡僻壤之处，这里人人都贫穷不堪，衣食无着。有人击鼓摇铃集齐众人，说海中有宝，可以组织大家去寻宝。

临上船时，聚集人对众人讲述了海中航行可能出现的危险，以及这一路的艰难，告诉大家说："在海里会遇到 14 000 千米长的巨鱼，有可能船翻被其吃掉；也有可能遇到鬼礁……总之就是困难重重。"有些人听到此处，便悄悄撤退，只剩下 500 人与他同行。他们扬帆入海，历经各种困难，缺水、断粮，但仍然矢志不渝，最后见到龙王，求其赐宝。

龙王感念这些人的诚意，以如意珠相赠，众人高兴地回程。但引来了海上诸龙和恶鬼抢夺，众人齐心协力，打败了它们。

不料，赠送珠子的龙王又后悔了，于是派人来抢回如意珠，追上来把宝珠打落水中，此行人又勠力同心，发誓舀干海水。

龙王见了这些人的决心，在惊恐之下，便将宝珠还给了众人。从此这些人就过上了幸福快乐的生活，这个故事暗寓只要敢于突破现状，敢于奋斗和拼搏，什么事都是有可能做到的。

▲ [七龙王护佛陀]

雕塑讲述的是蛇王纳加在暴风雨季庇护释迦牟尼佛，免受暴雨袭击的佛传故事。据说佛陀成道后的第六个七天，曾在一片昏暗的狂风暴雨中，禅定修持不为所动，感动得蛇王把它的身体盘蜷起来，供佛陀安坐。还从佛陀身后升起它巨大的蛇头至佛陀头顶，张开成五支或七支蛇头，为佛陀遮风避雨。

女罗刹的桃色陷阱

罗刹一般指食人肉之恶鬼，而女罗刹一般则是以貌美艳丽的形象迷惑众人。

据《佛本行集经》载：海中有罗刹国，由吃人的恶魔罗刹所掌管。

有一次，一艘做海上贸易的船在航行中被女罗刹掠劫。女罗刹把商人们带到一个鸟语花香的地方，然后以锦衣玉食相待，还自荐枕席与商人们交欢。不过，她们警告商人们不许到城南去。

商人们衣食无忧，又有美丽妖娆的女罗刹相伴，倒也安居温柔之乡，乐不思蜀。但其中一人多了个心眼儿，他偷偷溜到城南一看，见铁城之下囚禁了许多犯人。犯人自称也是海商，几年前被女罗刹所虏，欢爱未几，被囚至此，饥饿病羸，死者已过其半。

看到这些景象，商人们如梦初醒，不管多么美的温柔美梦，总归有一天会破灭的。

于是，商人们逃脱了女罗刹的桃色陷阱。

> 罗刹也是古印度话，为梵文 Rākṣasa 的音译，据说罗刹本是印度古代土著民族名称，雅利安人征服印度后，诬蔑罗刹族人凶恶可怕，于是罗刹成了"可恶"的同义词。

印度海洋神话传说

▲ [罗刹的形象]

▲ [丰都鬼城的女罗刹]

其他海洋
神话传说

海神求亲

印第安人用他们的勤劳和智慧创造了辉煌灿烂的文明，他们对于海洋的仰慕也体现在海洋神话传说中。

传说，很久以前在大海上有两座岛屿，两座岛屿之间有一条狭长的通道，这里海产丰富，两岸的人靠捕捞海里的贝壳、螃蟹、鲑鱼为生。

有一天，一个姑娘到岸边捡贝壳，她长得非常漂亮，长长的腿，细腰身，丰满的胸脯像春天里含苞欲放的鲜花。她捡到的贝壳总是会从手里滑落，她只好一次次地去捡，可是贝壳一次又一次地滑落得更远，就这样，她越走越远，水都快没到她的腰了。

突然，她感觉到有一只有力的手抓住了她。姑娘大吃一惊。接着，从水中传来一个非常温柔动听的声音："别害怕，我不会伤害你。我很喜欢你。"说完，大手就松开了，让她回家去了。后来，这样的事接二连三地发生了好几次。只要她一到水里，就会有一双手把她拉向大海，从水中传来绵绵的情话。这个声音告诉她，海底是个非常美丽的世界，有绿色的植物、五光十色的贝壳和鱼类，都是她在人间闻所未闻、见所未见的。这双温柔的大手总是拥抱着她的身体，说着没完没了的情话……

终于有一天，从海里来了一位英俊

▲ [印第安人头饰形象]

> 印第安人是除因纽特人外的所有美洲原住民的总称，在美洲的印第安人留下了相当高的古代文明。他们培育了玉米、马铃薯，建造了高大的神庙，留下了在今天让人难以理解的文字，形成一种独特的印第安文明。

> 在北美印第安人的神话中，宇宙及万物不是谁创造的，比如天、地、日、月、火、淡水，乃至人、世间万物是早已有之的，只是掌握在老妖婆、月亮美洲豹、松树手中，或存在于另一世界之中，由某一个角色（这个角色被学术界称之为"文化英雄"）变着法儿从上述执掌者手中偷来、夺来，或把人类从山洞里、水源中、峡谷里、天上、地下、葫芦中、软体动物的贝壳里引出的。

的小伙子来拜见她的父亲，他是海神，求她父亲答应把女儿嫁给他。可是，父亲不舍得把自己的女儿嫁到海洋，于是拒绝了海神。无论海神如何拨动如簧之舌，讲了许多海底世界如何如何美妙的话，可是顽固的老头依然不肯答应把女儿嫁给他。

后来，海神威胁说："如果你不把女儿嫁给我，你会后悔的！"但老父亲仍然没有松口。海神气愤地走了。

如海神所言，海滩上的贝壳不见了，

非凡海洋大系

海洋神话传说集锦

鲑鱼也越来越稀少了，河流开始干涸，村子里的人又饿又渴，叫苦连天。

姑娘既痛心又伤心，她来到海边，投入水中，央求海神："把水和食物还给人们吧！"

"除非你的父亲答应让你成为我的妻子。"海神温柔而执著地说。

为了不连累乡亲，老父亲终于忍痛割爱答应了这门亲事。他只求海神满足他一个条件，那就是让他的女儿每年回家一次，好让他知道她在海里过得好不好。海神愉快地答应了老岳父的请求。于是姑娘跟着海神沿着海峡走了。大伙在岸上目送着她，直到她消失在海峡的水流中。他们看见她那长长的头发漂在海面上，然后消失得了无踪影。

很快，淡水又回到河流里，贝壳和鲑鱼也重返沿海。海神遵守自己的诺言，每年都让他的妻子回来一趟。每次她返乡时，海里的鱼总比往常多出许多。

不过几年来，人们发现她的容貌每次回来都有变化。第一次，人们看到她的双手和双肩都长满了贝壳。最后一次，发现她那漂亮的脸上也长满了贝壳，而且大家都看得出来，她并不乐意从海里出来。她从村庄中间走过的时候，会刮起阵阵冷风。她的父亲和大伙商量过以后，郑重地对她说："如果你觉得露出水面是件痛苦的事，那么就不必每年返乡一次了。"

从此，姑娘再也没有从海中露过面。但大伙都知道，她并没有忘记自己的故乡。每当海峡上潮涨潮落时，人们还能看见她在水中时隐时现。他们知道，女海神正在关心着他们的亲人。

> 印第安人的文化各有不同特点，因而他们所信奉的偶像也各不相同，主要是动物图腾。比如，俄勒冈地区印第安人的动物神形象是"凯欧蒂（小狼）"，在阿拉斯加印第安人中则是"渡鸦"，墨西哥的阿兹蒂克族却崇拜"蛇神"。

◀ [《彼得·潘》中印第安人的剧照]

1953年的动画片《彼得·潘》中的印第安人。动画片还解释了为什么印第安人的皮肤是红色的："是因为一个印第安帅哥亲了个妹子然后脸红了，于是我们的基因里就一直存在了红色的皮肤。"

> "图腾（Totem）"一词，来源于北美印第安鄂吉布瓦人的方言，意思是"他的亲族"。

其他海洋神话传说

海龙王娶妻

非洲作为最早出现人类的大陆,从来都不缺少神话,这里不仅有丰富的多神,而且对大海的向往一点不比其他地区少。

古时候,在安哥拉西海岸边有个捕鱼能手,他捕到鱼以后,通常只留下一条给自己吃,其余的都卖掉。就这样,他攒了很多钱,以至于不得不在屋外挖掘了三个坑,来埋藏这些钱。

后来他结了婚,生了三个女儿。时光流逝,孩子们渐渐长大,终于有一天,渔夫挖的三个坑都装满了钱。有一次他去捕鱼,什么也没捕到就回来了。于是他又出海,然而这次也是毫无收获。他回到家里想等到晚上再说。经过好几天,后来他终于在网中发现了一尾鱼。这条大鱼很是奇怪,它竟然会说人话。

海龙王求女

"你到这一带来捕鱼,每次你要多少,我就给你多少。可是今天你却把我——大海之王,捕在网里。现在,我要惩罚你,要么你自己死,要么你将你的一个女儿嫁给我。"说完,龙王消失在了大海之中。

渔夫听到此言,很担心地哭着回家了。回到家后妻子问丈夫为什么哭,他把自己遭遇到的一切都告诉了她,妻子听完丈夫的诉说后也和丈夫一起哭了起来。痛哭了一阵子,他们叫来了大女儿,

▲ [非洲神话中的龙形象]

这种龙名为安非纳龙。传说雌性安非纳龙在照看自己的卵时,总能有一个头保持清醒。如今还有一种尾部酷似另一个头的蜥蜴以这种龙的名字命名。在受到威胁的时候,它的尾巴会前后不断地摆动以迷惑攻击者。

> 非洲土著最大的特点就是涂面,多数非洲土著都会把自己的脸涂成其他颜色,或者在盛大的节日时戴上面具。面具在非洲有着悠久的历史,在南非的史前岩画中,就发现有佩戴面具跳舞的妇女形象。

把情况都讲给她听了,接着问她:"为了救父亲的命,你肯不肯嫁给这个怪物?"大女儿拒绝了。他们又叫来了二女儿,二女儿也不同意,最后只有小女儿同意了,父亲听见这样的回答高兴极了,说道:"孩子,唉,天一亮,我就到海边指定的地方去,把你的答复告诉

其他海洋神话传说

[白金汉郡的双头龙雕刻]

我国专家朱大可认为，女娲、盘古、西王母等中国上古大神，也是"外来身份"。比如，对《山海经》的研究表明，西王母的原型是印度湿婆。

《山海经》里面有关于西王母的三段描述，说西王母代表死亡和刑罚。这描述了湿婆的一种神格，湿婆是一位双面神，既代表生命，又代表死亡。《山海经》里描写的是关于毁灭和死亡的这一面。西王母的形象是豹齿虎尾，而湿婆的造型是披着虎皮。西王母蓬发善啸，因为湿婆是舞蹈之神，当她跳舞时，就会蓬散头发，发出尖利的啸叫。西王母头上戴了一个新月形的头饰（戴胜），这正是长在湿婆额头上的第三只眼睛。

那个怪物。"

海龙王成亲

这天早上，渔夫跑到海边，告诉了海龙王小女儿的决定，海龙王给了渔夫一个包袱，里面有一些定亲的信物，还有一些新娘子穿的衣服、首饰等东西。

渔夫回家解开包袱，把衣服交给了小女儿。

为新娘上妆的妇女们，找来了当地最权威的法官为姑娘和海龙王主持婚事。

海龙王的喜事办得异常热闹，有人频频敲鼓，有人高声喊叫，人人都快活得不得了。然而，除了法官、新娘和她的父母以外，别的人谁也看不见海龙王。

傍晚，海龙王领着妻子来到海边，把她抱起来，一起进入水中。海龙王对妻子说："夫人，这里有一根棍子，一旦你有所需要，只需用这根棍搅搅水，我的奴仆们自会跑到你身边来，你的任何愿望，他们都能满足的。"

然后海龙王又对她说："我的妻呀，在你不违犯我的禁令以前，我会一直对你好的。一旦你违犯了禁令，咱俩就永远不能再见面了。我的禁令是这样的：从此时此刻起，不许你哭泣。泪水将会使我们永远分离。哪怕是从你眼里流下一滴泪，我们也会永远分离的。"

这样，海龙王和女孩过了许久的日子。

龙后终于流泪

有一天，海龙王告诉自己的妻子："夫人，你的父亲生了重病。可我不能放你回去见父母亲，因为你可能违犯禁令的。"

有一天，海龙王又告诉自己的妻子

说，她的父亲已经死了。他拿来了送葬用的物品，抱起妻子，游到有条路通往岳父家的地方。

在这里他们互相道别，他又嘱咐她别忘了禁令。龙后回到娘家，果然看到父亲死了。虽然很是伤心，但龙后都没有流泪。

父亲入土以后，海龙王的妻子留下了很多钱给母亲和姐姐作为葬殓的费用。然后她辞别了她们，动身到海边上去。她来到岸边，用那根木棍子搅了搅海水，奴仆们立即钻出水面，送她到她丈夫那里去了。

光阴荏苒，有一天，海龙王又对妻子说，她母亲去世了。这一次丈夫也让妻子回了娘家，并且派了两个奴仆跟随着她，以便帮忙挖掘坟墓。

看到母亲已死，海龙王的妻子两次强忍住泪，一次是在坟前，另一次是在亲戚们面前。埋葬死者之后，她想立即回夫家去，但是亲戚们把她拦住了，对她说："你是个没良心的人。父亲死了你没哭过，如今母亲故去你也不哭！"

听到亲戚的埋怨的话语，龙后忍不住痛哭了起来。她眼中刚流出头一颗泪珠，她那身漂亮的服装立即消失了，在伤心过后，她又走到海岸边上，想回到丈夫那里去，她像往常一样用棍子搅动海水，然而，这次什么也没有出现。

女孩失去了双亲，又回不了海龙王的身边，只能来到海边，每天期盼夫君能出现，就这样日复一日，年复一年，女孩变成了一块礁石，伫立在安哥拉西海岸不远处的海边，当地人称它为痴情石。

▲ [痴情石]

其他海洋神话传说

不说话的王后

非凡海洋大系　海洋神话传说集锦

　　这是一篇《天方夜谭》中的故事，阿拉伯神话以其丰富的想象力和独特的地域形成了独树一帜的风格，本文中的王后，从一个原来是生活在海中的人，因为遇到国王真心的相待，而留在人间为其生儿育女，这是一篇体现"真善美"的神话。

　　有一位国王，住在十分壮丽的皇宫里，他有无数的奴仆和珍宝，但是他独自一人，孤孤单单地不快乐，因为他没有娶过一个妻子。

　　有一天，他的侍卫走来报告说："门口有一个商人，他带来了一个美丽的女人，他说要把这个女人献给您。"国王听了，对门卫说："把他们带进来。"

　　于是商人和女郎被带到国王的跟前，商人揭开了她的面纱，露出女郎的美貌。国王见她这样美丽，很惊奇地对商人说："老先生啊，你怎么会有这么美的女郎呢？"商人答道："我花了三千金币才买到她，现在我把她献给您吧！"国王给了他一件贵重的袍子和一万金币作为谢礼。国王对这个姑娘很好，可是，这位女人却一直不说话，国王也不生气，依旧待她很好，而且娶她为王后。

　　一年后的一天，姑娘终于说话了，她对国王说："伟大的国王啊，您对待我真有耐心，您的好心，会得到好报的。"

▲ [《天方夜谭》插画——苏丹]

为何是"天方夜谭"而不是"天方夜谈"？

　　这是因为古代的避讳。大唐皇帝武宗的名字叫李炎。所以人们说话、写文章凡是遇到两个"火"字相重的字，都要避讳，用其他字代替。于是，人们在写"夜谈"时，就出现了以"谭"代"谈"的怪现象，后来，人们习惯了，"谈"与"谭"也就相通了。

170　｜　其他海洋神话传说

国王听她说话了，非常高兴，便和她坐在一起，问她长期沉默的原因。

姑娘答道："我是海中国王的女儿，但是父亲去世了。我因为和哥哥吵了架，便从海里出来，在月光下坐在海岸上，后来，被人抓了把我卖给了商人，商人又把我献给了您。您是一个善良可敬的人，要不然，我早从这窗口跳入海中，回到我自己的国土里去了。"国王听了她的话，吻了吻她的前额，问她道："你们国家里的人，能住在海里吗？"她答道："我们在海里，就如同你们在陆地上一样。海里有许多人，有各种动物，地面上所有的，比起海里的来，是非常渺小的。"国王听了她的话，觉得很稀奇。

这时，她对国王说："国王陛下，你现在藏在壁橱里，因为我的哥哥和我的母亲、姊妹就要来了。"于是国王便藏进了一个壁橱里。

一会儿海水汹涌起来，从海里出来一个仪态俊美的年轻人，后面跟着一个灰白头发的婆婆和五个年轻的女郎。他们在水面上走，最后走到窗前，亲热地拥抱了王后。

王后把经过告诉了他们。她的哥哥说："感谢真主，他使我们又团圆了！来吧，我的妹妹，跟我们回去吧。"

国王听了后生怕他的妻子会离开他。但是他听到王后说："国王是一个智慧和慷慨的君子，他待我好极了，我不能

> 和世界上其他地区的神话对比，可以发现，阿拉伯神话更像童话，在这样的故事中，我们能够发现正义战胜邪恶的时候，都会出现一种类似"芝麻开门"似的帮助，比如阿拉丁的神灯与魔毯。

> "苏丹"一词含有"黑人家园"或"深褐色皮肤的人"之意，古称努比亚。在中古时代，伊斯兰国家统治者称自己为苏丹，是国家元首头衔，不是哪个国家。

离开他。如果我走了，他会死的，他太爱我了。"她的母亲听了，对她说："我亲爱的女儿，我们虽然爱你，如果你在这里快乐，那我们就不带你走了。"

然后，王后从壁橱里引国王出来，他们赶紧站起来向他行礼。国王邀他们住下，一个月后才回到海里去；不久，国王和王后生了一个美丽的男孩，他们更加快乐了。王后的家人也到宫里来祝贺。

孩子的舅父抱着孩子在宫里走来走去。突然间从窗口跳进海里不见了。国王惊慌极了，但是王后走到他的身边，安慰他道："国王啊，不要为儿子担心。不久，他便会安全地回来了。"果然过了不久，舅父抱着小孩飞进房里，对国王说："现在这孩子能在海面上走了，就像您在陆地上走一样。"

舅父还从口袋里拿出一盒珍宝作为礼物送给王子。王子开始学文、练习骑射，后来，他坐上了宝座，成为一个正义、勇敢的新国王。

其他海洋神话传说

海老人

海老人是阿拉伯神话中的一个妖魔。海老人常常变成一个可怜的老人，坐在路边求人背他，然后会让人厄运缠身。

航海家辛巴达漂流到一个花园一样美丽的小岛上，看见小溪边坐着一个老人，就过去询问。这个老人就是妖魔变成的海老人。

海老人见辛巴达问他，就打了一个手势，要辛巴达背他过溪。辛巴达见他可怜就弯下腰让他骑在背上，海老人立刻用又黑又粗的腿夹着辛巴达的脖子，骑坐在辛巴达的肩背上。辛巴达越背越重，直到走不动路了，想要甩掉海老人却怎么也甩不掉他，反而被他夹得更紧。从此，不论白天还是黑夜，海老人总是用腿圈着辛巴达的脖子，就是睡觉也不放过。

用什么办法才能甩掉海老人呢？几天以后，辛巴达终于想出了办法。他从地上捡到一个大葫芦，把葡萄汁装进去，然后放在太阳底下晒，一直晒到葫芦里的葡萄汁变成了纯酒。海老人被酒的香味所诱惑，就把装有葡萄酒的大葫芦抢过去，一饮而尽，结果醉倒在地上。

辛巴达拿起石头砸死了他，从此才得以解脱，直到这时，辛巴达才知道他所背着的是妖魔变成的海老人。这个神话传说后来广泛流传，"海老人"也就

▲ [辛巴达和海老人]
此插画描绘的是辛巴达被海老人奴役的场景。

成了一切难以摆脱和纠缠不休的人的代名词。

咸海水的传说

在爱沙尼亚的传说中，海水的咸味来源于一个永远不会停歇的神磨，由于它的日夜旋转，为大海添加了无法计量的盐，于是海水才会变成咸的。

从前，在一个沿海的小村，生活着兄弟两个，哥哥富有，弟弟贫穷。这一年，马上就要过节了，别人家做各种过年的美食，只有弟弟家一贫如洗，连烧粥的粮食都没有。于是弟弟来到哥哥家，希望哥哥能给点过节的食物。

哥哥为了不让弟弟再来要食物，就对弟弟说："如果你答应离我远远的，我就给你一条熏火腿。"

弟弟说："可以呀，你要我离你多远？"

哥哥说："越远越好，哪怕是到地狱都行。"

于是，弟弟拿着火腿，一直走呀走，也不知道过了多少日子。一天夜晚，弟弟沿着远处的光亮一直走，可当他靠近光亮后才发现，原来那是许多小鬼眼睛发出的绿光，弟弟吓得不知所措，但是渐渐地他发现，这些小鬼似乎都在关注着他手里的火腿，甚至有些馋得直舔嘴唇。这时，一个小鬼对弟弟说："把火腿卖了呀，我们会给你个好价钱的！"紧跟着，许多小鬼应声附和。

弟弟看着围绕自己的小鬼，说道："谁给的价钱高，我就卖给谁了！"于是，小鬼们互相吵闹起来，互相攀比着叫价：

其他海洋神话传说

▶ [爱沙尼亚纪念叶利钦贡献的浮雕]

爱沙尼亚在历史上是一个被外来者反复占领的地方，直到苏联解体，爱沙尼亚才取得了独立。

其他海洋神话传说

十颗金币，二十颗金币，价格一路上涨，但这时，一个最小的小鬼，拉着弟弟的耳朵，悄悄地说："你，别要金子，也别要银子，单要那个老磨盘。"

弟弟听了小鬼的话，用火腿换了磨盘，于是高兴地抱着磨盘回家了。小鬼们边分享火腿，边佩服弟弟的眼光，同时告诉他，这是个宝物，并教给他使用方法，这个宝物想要什么只需要对其说完，然后在磨上敲三下，它就会自动转，要什么就能磨出什么，想要停止时，只需要再敲三下。

弟弟回到了家乡，依靠神磨很快过上了富足的生活。

日子一天天地过着，弟弟与那神磨也渐渐出名了，一个远道而来的盐商听到了这个信息，很想一睹神磨的风采，于是来到了弟弟家。

盐商见到了那个神磨，就问弟弟："是否真的是什么都能磨出来吗？"

弟弟见盐商怀疑，就开始给盐商演示，弟弟磨出来白花花的盐，这令盐商甚是垂涎，想用一袋金子买这个神磨，但被弟弟拒绝了。

可恶的盐商不甘心，趁半夜天黑，偷走了神磨，连夜起航，到了海的中央，觉得安全了，就想试验一下自己的战利品，是否真能磨出盐来。于是磨盘开始磨了。整个船舱都装满了盐，整个甲板都堆满了盐。盐越来越多，越来越重，商人不知道怎么才能使磨停下来，船的吃水越来越深，大船不堪重负，沉入海底。可是磨盘在海底下仍然不停地磨盐，融化在海水之中，一直到今天它还在转动。因此，海水变成咸的了。

▲ [爱沙尼亚独立宣言]

爱沙尼亚是一个发达的资本主义国家，1991年8月20日，正式宣布独立。由于其高速增长的经济，资讯科技发达，爱沙尼亚经常被称作"波罗的海之虎"，爱沙尼亚也是全世界空气质量最优最舒适的国家，首都塔林被誉为"洗肺圣地"。

苏美尔人大洪水的传说

《创世纪》中讲到了"大洪水"与诺亚努力拯救地球上所有物种免遭灭绝的故事。同样，在苏美尔人的神话传说中，也有一个关于大洪水的传说。

▲ [《苏美尔王表》]

《苏美尔王表》保存最完好的样本被称为"韦尔德－布伦德尔立柱"，它是一种黏土，楔形文字就刻在其上，目前保存在英国的阿什莫尔博物馆。《苏美尔王表》这份古籍描述了王权统治人类漫长的一段时间。

古籍明确地记载，在大洪水席卷地球之前，8个古代君王居住于地球上，并统治了长达24万年的时间。如今这个记载被视为神话故事。

苏美尔神话《恩利尔开天辟地》："很早很早以前，宇宙间没有天，也没有地，只有浩瀚无边的海洋。在创世之初，水是最早出现的东西，她是宇宙万物之母。在浩瀚无边的海洋里，山慢慢长大，浮出水面后，成为一片陆地，山体里又萌生出了天和地。天是男的，名叫安，地是女人，名叫启。安和启结合在一起，生下了空气之神恩利尔。恩利尔在安和启的怀抱里渐渐长大。"

这是世界上最早的关于洪水的传说。

远古时代，在苏美尔人聚集地的大河入海口处，有一个叫什尔巴克的城市，住着国王鸠什特拉和他的子民们。根据智慧和法术之神伊亚的指示，将有一次毁灭性的大洪水暴发，灭绝一切生命。

国王鸠什特拉为了躲避这次洪水带来的灾难，准备了一艘超级大船。他将城中的子民、牲口等一切活物以及生产工具能装的尽可能地往船里装，然后紧紧盖上了舱盖，甲板上只留下一个舵工普兹尔阿木尔掌舵。

大洪水如期而来，雷电轰隆隆滚过天空，台风挟着海啸登陆了，浊浪排空，

其他海洋神话传说

非凡海洋大系

海洋神话传说集锦

▲ [苏美尔人的艺术品]

扑向大地。大树被连根拔起，随着波涛横冲直撞，黑暗的天地间，茫茫烟波上，只有一条封舱闭户的大船在随波漂荡。甲板上的普兹尔阿木尔裸着上身，腰系羊皮裙，赤脚站定，拼尽全力扳住大船的木舵。雨打得他睁不开眼，风吹得他彻骨冰凉，船摇晃得他几乎站立不住，可是他仍然紧紧握住舵把。大船躲避着礁石和各种障碍物，避免了被撞碎的命运，但仍像一片树叶，颠上波峰，甩下浪谷。

鸠什特拉坐在黑洞洞的船舱里，和众人挤成一团。看到了洪水中丧生的同胞，泪水扑簌，就像断了线的珠子。狠心的大神恩利尔，他竟然要灭绝一切生命。多亏智慧和法术之神伊亚向他们报信，才赶造出这艘大船，使他们免于葬身洪水中。

大洪水肆虐了六天六夜，一切生灵全部淹没在黄浊的汪洋里，一片死寂，只剩下浪在无尽地冲撞。到了第七天，船不摇，风不吼，大海平静了。鸠什特拉打开舱盖，除了大船上的幸存者，所有的生命都被大洪水吞噬了！他带着劫后余生的人们，走下大船，在洪水退后稀软的泥地上，重新开始耕作，在大河入海口处重建家园，创造并延续着苏美尔人新的文明。

后来，鸠什特拉被接收为神，世世代代享受后裔的祭拜。

诺亚方舟

诺亚方舟是《希伯来圣经·创世纪》中的故事。它是一艘根据上帝的指示而建造的大船，其依原说记载为方形船只，但也有许多的形象绘画描绘为近似船形船只，其建造的目的是为了让诺亚与他的家人，以及世界上的各种陆上生物能够躲避大洪水灾难。

诺亚是一个正直的人，在当时是一个完人。他追随上帝行事。他有三个儿子：闪、含和雅弗。上帝看见整个世界腐朽了，到处充满暴力。他认为世界充斥着罪恶，因为所有世上的人都过着邪恶的生活。上帝对诺亚说："人类的可憎我再清楚不过了，他们使这世界充满了仇杀。我有意要毁灭他们，也毁灭掉同他们一起的这个世界。你要为自己造一艘方舟，用丝柏木做船架，覆盖上芦苇，再在里外两面涂上树脂。我要使洪水泛滥全世界，消灭天下所有活着的人，地上万物也要消灭光。但我要与你立约。你到时就带着你的妻子、儿子、儿媳们一起进入方舟。你还要把各种飞禽、走兽、爬虫，每样两只，雌雄各一带上，和你一道登舟，在船上喂养好。此外还要带上各种吃的东西，储存在船上，作为你们和动物的食粮。"诺亚遵照上帝的话，一一办到了。

为了躲避洪水，诺亚和他的妻子、儿子及儿媳们都上了方舟。和他一起上船的还有那些动物：洁净的和不洁净的牲畜，每种都是雌雄一对；所有的鸟类和地上的爬虫，也是一对一对的，按上帝的吩咐都上了船。第七天结束的时候，洪水降临到大地。那年诺亚是600岁，2月17日那天，大深渊的所有泉源一齐喷发起来，天穹洞开，大雨倾盆，不停地下了40个昼夜。洪水泛滥了40天，大水涨起来把方舟托起，高高地升离地面之上。落在地面的水越来越多，淹没了天下所有的高山。水一直涨到浸没高山5万米之深。一切有气息的生物，所有生活在陆地上的东西，全都没有了。上帝清除了世上的生物，人也好，兽也好，爬虫也好，飞鸟也好，全部从地面上消

▲ [建造诺亚方舟时的场景]
诺亚方舟的建造（法国1675年的大师画）。

其他海洋神话传说

[亚拉拉特山上的诺亚方舟]

灭干净,唯独诺亚一家人以及方舟上的鸟兽爬虫活了下来。

40天后,诺亚打开了方舟上的天窗,放出一只乌鸦去看看水退了没有,但乌鸦飞来飞去,到地面上的水都快干涸的时候也没回来。诺亚等了七天,再从舟上放出一只鸽子去看看地上的水是否退了。但因为地面全部都是水,鸽子没落脚的地方,就飞回诺亚的方舟那里。诺亚又等了七天,再次从舟上放那鸽子出去。傍晚时分,鸽子回来了,嘴里衔着一片刚啄下的橄榄叶。诺亚就知道地面上的水退得差不多了。但他又多等了七天,然后放那鸽子出去。这回它再也没有回来了。这样,在诺亚601岁那年的正月初一,地上的水终于退了,诺亚打开舱口盖,从方舟上向外探望,地面已经完全干了。

大地全都干了。上帝对诺亚说:"你和你的妻子、儿子、儿媳们都从方舟里出来吧。把你带上方舟的各种地上生物,鸟兽爬虫都放出来吧,让它们滋生繁衍,

> 上帝认为人世的罪恶太多,违背了他造人的初衷,因此要施以惩罚。他突降洪水,想要达到消灭人类之目的。但为了让心地善良的诺亚一家免于此难,上帝就命诺亚提早制造了一艘长方形的大船,用于全家避难,在洪水中,诺亚还拯救了许多濒临灭亡的动物,使很多物种得以保留。因此,"诺亚方舟"便成了避难所的象征。

遍布全世界吧。"诺亚就同他的妻子、儿子、儿媳们从方舟上走出来。各种地上生物:野兽、牲畜、鸟类和爬虫都是雌雄配对的,也都下了船。

接着,诺亚为上帝修了一座祭坛。他选了各种各样洁净的鸟兽作为供品,放在祭坛上奉献给上帝。上帝闻到了供品的香味,心里想道:"我再也不会因人类而使大地遭到灾祸了。不论人从小就有多少邪念,我都不会像这次一样杀死一切生灵了。"

> 由《圣经》的记载来推算,诺亚方舟是一只排水量43 000吨的巨大木箱。按《创世纪》第八章所载,1675年所绘的诺亚方舟最后停靠在土耳其东部的亚拉拉特山上。过去虽有不少方舟被发现的传言出现,但都仅止于传言。

摩西让红海开路

摩西和以色列人被埃及法老王追击逃到海边而没有了去路,这时上帝显露了神迹,用一股强风将海水分开,让以色列人从这条通道逃生。

3000年前,埃及是世界四大国之一,为世界最强大、最有势力且是文化最盛的国家。当年以色列人因遭遇饥荒而侨居埃及,埃及法老没有好好地妥善安排这些以色列人,而是奴役他们。在这样的情况下,摩西经过艰巨的斗争率领被奴役的以色列人离开了埃及。

《圣经》中的《出埃及记》就有这样的记载:

当神的仆人摩西带领在埃及为奴的以色列人逃离埃及到达红海边时,眼见要被埃及追兵赶上,在情况万分危急的关头,摩西用耶和华的手杖指向滔滔红海,使海水分开,显露出一条海底大道助以色列人逃生,当埃及追兵赶到时,海水又复合起来,将埃及军队淹没。

在摩西的带领下,以色列人终于逃离埃及,获得自由。

▲ [摩西分海]
这是电影剧照,摩西用耶和华的手杖指向滔滔红海,使海水分开,显露出一条海底大道助以色列人逃生。

◀ [红海海底发现了当年的车轮]
考古人员在摩西过红海的海底陆地桥上,分别找到了有4根、6根和8根轮条的战车车轮。并且有些战车轮镀有黄金,在海底一直没有被腐蚀。这些都可以证明当年红海确实存在过一条大道。

其他海洋神话传说

塞德娜女妖

这是加拿大的一则神话故事。塞德娜被一只招摇撞骗的乌鸦骗去做了媳妇,父亲却几次为了自保,把塞德娜推入了刺骨的北冰洋……从此多了个北冰洋女妖塞德娜。

很久很久以前,有一个漂亮的女孩名叫塞德娜,她和父亲生活在一起,以打鱼为生。到了成婚的年纪时,她一次次地回绝了上门求婚的猎人们。在她眼里的那些猎人们都不是自己喜欢的人。

最后父亲用命令式的口吻说:"我已经年迈,靠织补渔网无法养活我们两个人,总之,无论下一个上门求婚的猎人是谁,你都必须跟他走!"

塞德娜只能无奈地接受父亲的安排。

没有几天,他们的帐篷外就来了一个猎人。他衣着光鲜,但脸却藏在低低的帽檐下面。塞德娜的父亲走上前去对猎人说:"我有一个美丽的女儿,她有一双善于烹饪和缝补的巧手。如果先生您正准备迎娶的话,我相信她会成为您贤惠的妻子。"

猎人没有说话只是点了点头,然后就带着塞德娜离开了家,等到了目的地,下了船,塞德娜却发现那里没有草棚,也没有帐篷。她环顾四周,只见光秃秃的石头和陡峭的悬崖。

猎人在塞德娜面前摘下了帽子,露出乌黑的小脑袋,原来是一只伪装的大乌鸦。塞德娜吓得转身逃跑,却被这只黑色的大鸟一把捉住,塞德娜就这样开始了自己的新生活,每天只能以乌鸦黄昏带回家的生鱼为食。

日复一日的艰苦生活,让塞德娜常常哭泣着念着父亲的名字。北极寒风把她悲伤的哭声,呼啸着送到了父亲的耳边。父亲听到女儿的哭声后,跟随着北极寒风来到了塞德娜住的岛屿,塞德娜见到父亲后,紧紧地拥抱自己的父亲,痛哭流泪。

▲ [塞德娜雕像]
蛇纹石雕刻成的塞德娜美人鱼形象。

> 在2003年的时候,科学家将发现的一颗新行星命名为塞德娜,以往他们都是以希腊罗马神话的角色来为新星命名,这次却使用因纽特人的女海神为名,这是因为科学家们认为人类应该有踏上寻找塞德娜之旅的勇气去探索未知。

父女两人立即划船离岛,没过多久,塞德娜发现远处的天空出现一个黑点。她知道,黑点就是愤怒且想来抓她回家的乌鸦。

乌鸦很快向皮船俯冲下来。塞德娜的父亲用船桨拍打,却怎么也无法打到乌鸦。乌鸦一次又一次俯冲,用翅膀拍打起冰冷的海水,平静的北冰洋顿时变成猛烈的急流,像张开大口要吞没小皮船。

塞德娜的父亲吓得不知所措,此时为了自保,他一把抓起塞德娜将她丢入咆哮的海水,还叫着:"带她走吧,请别伤害我。"

塞德娜在刺骨的海水中挣扎,一只好心的海豹把她推到了小皮船边,她抓紧了船舷。但她胆小的父亲为了活命,再一次将她推入水中,任由她沉入海底。

塞德娜并没有消失,而是被海豹救走了,成为了海洋女神,在深深的北冰洋底,终日与海豹、鲸鱼为伴。

塞德娜难以消散的怨气,常化做北极的巨浪和暴风,猎人因而对她又敬又怕。

传说只有当巫师游到海底为她梳理长满结的头发时,风浪才会平息。然后,她会为猎人们放开那些海洋动物以示海洋的慷慨与博大。

即使到了现在,每当猎人捕获一只海豹,他们都会在海豹的口中滴入些水,向塞德娜的仁慈感恩。

▲ [塞德娜形象的面具]

关于塞德娜的故事还有另外一个版本:塞德娜第一次嫁给了一只狗,生下了孩子后,父亲与塞德娜设计溺死了那只狗,然后带着孩子回到父亲身边,可是父亲打鱼的收入无法支撑这么多人的生活,于是让塞德娜再嫁,这次又嫁给了一只乌鸦。

商人和美人鱼

非凡海洋大系　海洋神话传说集锦

不管在哪国的神话中，有一技之长的人往往能够得到神仙的青睐，就像本文中的萨德戈，他凭借美妙的小提琴声获得美人鱼的青睐并捡回了一条命。

从前，在诺夫哥罗德城里住着一位小提琴家，名叫萨德戈，他也是整个俄罗斯最优秀的小提琴手。所有的商贾巨富和特权贵族在举行节日庆祝活动时都会邀请他，因为萨德戈的小提琴和他的歌曲能使他们得到娱乐和消遣。

萨德戈结识海中仙

有一天，萨德戈来到海边，从早到晚拉了一整天小提琴。夜幕降临时，波浪开始在湖面翻滚，浪花堆积在沙滩上，舔着萨德戈的脚面，这可吓坏了小提琴家，他快步如飞地回到家中。

可他还是喜欢在海边拉琴。

这天，萨德戈同样在海边拉琴，突然水中出现了一个人，他用洪亮的声音对萨德戈说："萨德戈，我是这里的海王，谢谢你在我们举行庆典时为我们演奏。我会证明对你的谢意的。你回到诺夫哥罗德城去吧，静静地等到明天，富商们会邀请你的，他们想像以往一样炫耀自己。你也可以炫耀自己，告诉他们你在海里看到了金鳍鱼。然后，你还可以同他们打赌，说你能抓到金鳍鱼，你只要编好

▲ [诺夫哥罗德城中的千年纪念碑]

诺夫哥罗德是俄罗斯一座古老的城市，859年建城。诺夫哥罗德现为诺夫哥罗德州的首府，是杰出的文化中心、俄罗斯石制民族建筑的发源地和最早的国家绘画学院所在地，对中世纪俄罗斯的艺术发展产生了深远的影响。

一副渔网，三次将网撒进海里就行了。这样，你打赌一定能赢，并且会成为诺夫哥罗德一名富有的商人。"

一切果然如海王所说，商人们邀请了萨德戈并和他打赌，他按照海王的话，果然赢了富商们很多财物，后来在海王的帮助下，萨德戈也成了诺夫哥罗德城的富商，还娶了一位年轻姑娘为妻。

打赌

一天，他邀请了诺夫哥罗德城所有的富商，举行了盛大的庆祝活动。在席间，推杯换盏之后，商人们开始吹牛，卖弄

▲ [美人鱼——油画，1871年]

在俄罗斯早期多神教文化中，美人鱼，或者解释为水中女妖更为合适，她们是被爱人负心后的少女投水自尽后幻化而成的水妖。她们会幻化成穿着白衣的美丽少女的样子，引诱年轻的男子，使他们溺水身亡作为报复。

> 传说一天，一艘威尼斯商船正从印度返航，当天夜晚，皓月似银，海平如镜，水手们忽然看见水面远处出现一个人身鱼尾的美人，裸着胸怀，抱着恬静吸奶的婴儿，但等到他们驶近，却什么也不见了。
>
> 关于美人鱼的古老传说，跨越了文化、地域和世纪，在世界上广泛传播。美人鱼的离奇故事曾激发了人们丰富的想象力。
>
> 其实，有不少自然历史学家和探险家都深信美人鱼的存在。博物学家普利尼是最早对美人鱼作出详细记录的人，他在公元1世纪所著的不朽名著《自然史》中写道："人们称作'海中仙女'的美人鱼，绝非寓言故事，她们同画家笔下的美人鱼完全相符，只是皮肤格外粗糙，全身上下长满了鳞片，连那极像妇人的上半身也不例外。"

自己。萨德戈的虚荣心开始膨胀，于是对那些富商说："只有那些白痴才吹嘘自己已经拥有多少财富。而我，没有什么可以炫耀的，我的金银财富，可以买下诺夫哥罗德城所有的商品。"

其他商人们听完立即同他打赌，说他不可能做到这一点，谁输了就得付3万卢布。

于是萨德戈开始购买诺夫哥罗德城里的商品。

第一天，他买了一整天的东西，第二天和第三天同样如此。但是到了第三天的晚上，各种各样的商品却从其他大城市源源不断地往诺夫哥罗德城运。萨德戈这时明白，他赢不了。于是，他输了3万卢布。为了把这些已经购买来的、堆积如山的各种物品卖掉，他又建造了30艘大船来装运这些东西，希望能运到其他城市去卖了。然而船在航行的第三天就遇到了风暴，萨德戈认为必须给海王献上贡品，才有活路，于是向海里扔了无数货物，但还是不见好转。

落入海底

风暴继续着，萨德戈在波浪中颠簸，

其他海洋神话传说 | 183

非凡海洋大系

海洋神话传说集锦

> 1492年，哥伦布航海归来也提到美人鱼。他描述了他的一个海员的故事：他看到了3个美人鱼高高地挺立在海面上。不过，她们不像画中那么漂亮，她们的脸有某些同人相似的方面。

▲ [美人鱼]
俄罗斯油画大师 Victor Nizovtsev 的作品，他的作品被称为"孩子们的童话世界"。

不一会儿，他就累晕过去。当他醒来时，发现自己置身海底。他走进城门，来到一个明亮的大厅里，看到海王坐在宝座上。海王让他演奏小提琴，在悠扬的琴声中，海王随着乐曲翩翩起舞。他一跳舞不要紧，海面上却涌起了巨大的波浪，将好几艘船掀翻了。

突然，"够了，够了，我的小提琴家，现在不能再拉了！你想让所有海上的人都面临着灾祸吗？"一位老者在萨德戈的肩膀上拍了一下说。

萨德戈奇怪地看了一眼老者回答："这是海王命令我拉的。"

老者建议他说："你把琴弦和琴键都折断，然后去对海王说小提琴不能再拉了。他无法勉强你，由于你为他演出，他还要酬谢你，让你在美人鱼中挑选一位做妻子。前面的300名你不要挑，中间的300名也不能挑，你应该挑选后300名中的最后一名。不过你一定要记住一件事，就是千万不能拥抱她，否则，最倒霉的事就会降临到你的头上。"

萨德戈听从了老者的劝告，事情的确像老者所预料的那样，海王让萨德戈选一位妻子。萨德戈依照老者的吩咐，留下了最后一个美人鱼。

海王为他们准备了盛大婚礼。婚礼当晚，当他和美人鱼并肩躺到床上后，陷入了昏睡之中。

第二天一早，当萨德戈醒来时，发现自己又回到了诺夫哥罗德城。他禁不住高兴得叫喊起来，这时一排黑色的大船正从海中驶来，他认出了这些就是自己的船只。

水手们一个个惊奇地望着他，因为大家都以为他早已葬身大海，而现在却看到他站在河岸边一座小山丘上。

萨德戈将船上装满金银和珍珠的箱子全部卸了下来，带着美人鱼回到了自己的家。他邀请诺夫哥罗德城全城居民参加了一场盛大的宴会。然后又继续去世界各地漫游了。